薛忆沩 著

中国短经典

流动的房间

人民文学出版社

图书在版编目(CIP)数据

流动的房间/薛忆沩著.
—北京:人民文学出版社,2018
(中国短经典)
ISBN 978-7-02-014241-5

Ⅰ.①流… Ⅱ.①薛… Ⅲ.①短篇小说-小说集-中国-当代 Ⅳ.①I247.7

中国版本图书馆 CIP 数据核字(2018)第 087140 号

责任编辑　卜艳冰　何炜宏
装帧设计　高静芳

出版发行　人民文学出版社
社　　址　北京市朝内大街 166 号
邮政编码　100705
网　　址　http://www.rw-cn.com

印　　制　上海利丰雅高印刷有限公司
经　　销　全国新华书店等

字　　数　130 千字
开　　本　889×1194 毫米　1/32
印　　张　7
插　　页　5
版　　次　2018 年 9 月北京第 1 版
印　　次　2018 年 9 月第 1 次印刷

书　　号　978-7-02-014241-5
定　　价　49.90 元

如有印装质量问题,请与本社图书销售中心调换。电话:010－65233595

目录

自序　001

有人将死　001
乳白色的阳光　015
公共澡堂　031
那位最后到会的代表　041
手枪　051
走进爱丁堡的黄昏　073
已经从那场噩梦中惊醒　083
出租车司机　099
"深圳的阴谋"　113
两个人的车站　129
无关紧要的东西　149
流动的房间　163
我们最终的选择　193
"你肯定听不懂的故事"　201

自　序

这本新的《流动的房间》存在的理由当然就是那本旧的《流动的房间》。

二〇〇五年夏天，在加拿大定居三年半之后，我准备回国度假。出发的前夕，得知花城出版社有意出版我的小说集，于是，我匆忙将一九九〇年底以来发表的中短篇小说汇集在一起：这其中包括了读者厚爱的《出租车司机》，名家垂青的《首战告捷》和《通往天堂的最后那一段路程》以及曾经引起"非议"的《一九八九年十二月三十一日》。六个月之后，我的第一部小说集出版上市。《流动的房间》是这本书最后选定的书名。

这次出版引发了我"不可收拾"的回归。尽管在那次短暂的假期之后我本人又有四年多的时间没有跨入国门，我的作品和关于我作品的评论却不断在国内的报刊上露面。我在《南方周末》和《随笔》杂志上的"读书专栏"以及我的"深圳人系列小说"尤其引人关注。

二〇〇九年秋天,《通往天堂的最后那一段路程》被选入"中篇小说金库",与包括《阿Q正传》在内的十一种经典一起作为"金库"的第一辑出版。因为篇幅上的考虑,我将《首战告捷》等同置于《流动的房间》中的另外三篇历史和战争题材小说也收录在书中。这是我对《流动的房间》实施的第一次强行的"拆迁"。

这次"拆迁"让我意识到匆匆成集的《流动的房间》事实上需要进一步"拆迁":其中的两篇"十二月三十一日"小说应该分离出来,等将来有更多的"十二月三十一日"小说写出来之后,它们可以独立成书;而所有历史和战争题材的作品也都应该分离出来,自成体系。经过这样的"拆迁",剩下的作品(或许再补充一两篇新作)将形成新的《流动的房间》。

二〇一二年初夏,我包括《遗弃》重写本在内的五本新书由上海的三家出版社同时推出。这使得《流动的房间》再次引起了市场的兴趣。它顺理成章地成了我将要出版的"下一本"书。

但是,翻读旧的《流动的房间》,我立刻意识到仅仅"拆迁"是远远不够的,还必须对存留的部分进行全面彻底的整缮和装修。也就是说,《流动的房间》只有在修葺一新之后才能够上市,才值得上市。

结束五本新书紧张的推广活动回到加拿大之后，我立刻进入了更加紧张的"重写"状态。"黑白颠倒"的时差为我的"疯狂"提供了机会（我在随后近三个星期的时间里，每天只睡不到四个小时），而在二〇一一年积累的丰富的重写经验为我完成这新一轮的重任提供了特殊的帮助。

旧的《流动的房间》的封底上有这样的一句话："个人"或者说个人忍负的"普遍人性"是薛忆沩全部作品的共同主题……这共同主题因为这"拆迁"和"整修"更加明确和突出。对"个人"的同情同样是新的《流动的房间》显眼的品质。

你即将进入的就是这新的《流动的房间》。

薛忆沩
于加拿大蒙特利尔

有人将死

1

苦思冥想者在六月的第一个星期天突然中断他为期一年的旅游计划，匆匆忙忙回到了他在中部那座古老城市的套间里。苦思冥想者已经在外面游荡了八个多月。他的心情就像他每次在外面游荡时一样轻松明朗。可是，他毫无收获。八个多月了，他毫无收获。这当然并不是苦思冥想者突然中断自己旅行的原因。他没有计划过任何收获。他只是想出去走走。他刚一走，蜘蛛就开始在套间的厨房和卧室里造网。这一次，因为他忘记关上厕所的门窗，良好的通风使那个角落变成了整个套间里唯一的"净土"。苦思冥想者回来以后径直冲向那里。他在那里蹲了三十分钟。也就是在这三十分钟里，一个完整的清扫方案出现在苦思冥想者的头脑之中。他从厕所出来之后马上就开始行动了。他忙了几乎整整三天。第三天的傍晚，苦思冥想者疲惫不堪地坐到录音机旁，听起一段法国口音很重的英文演讲来。这标志着清扫工程的完成。苦思冥想者十分满意自己的劳动成果。满足感使他的听觉极为灵敏。他好像听清楚了那位法国教授演讲的每一个词。那位教授正在讲述法国新哲学对法国社会的影响。他提到了格鲁克斯曼、奈莫、让贝这样一些名字。听着听着，苦思冥想者突然又强烈地体会到了语言带给人的自由。这种更深的满足感使苦思冥想者记起了自己突然中断旅游的原因：他预感到他的生活中将要发生一件重要的事情。当时他正在北京车站的售票大厅里。于是，他买了往回走的车票，而不是按原计划继续北上。苦思冥想者在候车室里等候的时候情绪波动。他预感重要的事情将要发生。回家成了他"唯一"的选择。但是，到底是什么重要的事情呢？那当然不可能是他推开房门时那扑面而来的霉烂气味。在回家的路上，苦思冥想者不断提醒自己：你的那个"狗窝"可能早就变成一只毛茸茸的霉球了，连弗洛依德也不知道它的出处。而现在，他十分满意的清扫已经恢复了他的套间的"元气"。当然，接下来的那几场特大暴雨也不是什么重要的事情。苦思冥想者专注于清扫，几乎没有时间去想象那几场暴雨的后果。不过第二天深夜在入睡之前的片刻，他想起了他外婆跟他讲过那些关于水灾的故事。外婆的讲述让那年复一年的灾难听起来就像是南美街头的狂欢节……毫无疑问，重要的事情还没有发生。但是，它一定会发生的！苦思冥想者对此有强烈的预感和强烈的焦虑。他相信，强烈的焦虑很快就会剥夺他刚刚从语言中体会到的那种自由。正在这个时候，电话铃响了。

苦思冥想者起初还以为那是自己的幻听。他当然很快就发现自己错了。他迅速朝电话机扑过去。他夸大的动作将一些稿纸弄到了地上。"重要的事情终于发生了！"他拿起话筒的时候兴奋地自言自语。

电话是母亲打来的。她正在七百公里以外的那座海滨城市里度假。在寒暄了几句之后，她提起了他们的一位亲戚。那是他们最有才华的亲戚。从小到大，苦思冥想者总是听到其他亲戚们在赞扬他的才华。他们说他从小就博览群书，他们说他有惊人的记忆力，他们说他不仅能写一笔好字，还擅长做对联和写诗词。可是，这样一个有才华的人一辈子都不能得到社会的承认。他只是在东北的一座小县城里的一个小机关里做了一个小小的办事员。亲戚们都替他的怀才不遇愤愤不平。"他得了肺癌，"母亲说，"说是已经扩散到了大脑里。"

"这可以算是重要的事情吗？"苦思冥想者沮丧地问。

"你这是什么意思？！"母亲说，"难道还有什么事情比死亡更重要吗？"

苦思冥想者放下了话筒。可不是吗？！他心说，还有什么比死亡更重要的事情吗？！他非常喜欢他的那位亲戚。他的话不多。他说话的时候语气很卑微。他从他与众不同的眼神里能够感觉到他的才华。苦思冥想者不知道那种眼神怎么可以突然传递出死亡的气息。这时候,苦思冥想者意识到母亲刚才并没有提到那个将死的亲戚的才华。这是她的疏忽还是她的闪避?他迅速拨通了母亲的电话。

对一个将死的人来说,这可是一个不容疏忽的事实!苦思冥想者在等待母亲接听电话时自言自语。他想知道一个有才华的人对死亡的感受有什么特别之处。

电话那一边传来了酒店接线员的声音。她告诉苦思冥想者,他母亲的房间里没有人接电话。"你有什么需要我转告的吗?"她问。

"请转告她,那个人是亲戚中最有才华的人。"苦思冥想者说。

"哪个人?"接线员冷漠地问。

"那个正在死去的人。"苦思冥想者回答说。

2

苦思冥想者心情沉重地做好了晚饭。刚坐下来准备吃饭的时候,他听到了很轻的敲门声。苦思冥想者突然有一种非常恐怖的感觉，他感觉那好像是命运在敲他的门。他谨慎地将门打开一条缝。他看见了那位乡村小学的校长，他们那位亲戚少年时代的朋友。苦思冥想者激动不已。与他的亲戚相比，他一直更喜欢这位小学校长。在这个特殊的时刻，他尤其对他充满了特殊的感情。他将门完全打开，让小学校长进来，坐下。

"如果不是停了雨，我恐怕还来不了呢！"小学校长说，"村子周围的路都是坑坑洼洼的，要走到小镇上才能赶上长途汽车。"

苦思冥想者本能地瞥了一眼昏暗的窗外。他相信小学校长的突然出现肯定与他那位亲戚的现况有关。

小学校长表情尴尬地看着苦思冥想者。突然，他低下了头，用沉重的声音说："我是为他来的。"

"我知道。"苦思冥想者说。他想再说点什么，又不知道应该说什么。

"上个星期，我收到了他的一封信。他的口气，但不是他的笔迹，"小学校长说，"他自己的字写得那么漂亮啊。"

小学校长沉重的声音让苦思冥想者非常感动。

"他得了肺癌，"小学校长说，"已经扩散了……"

"我已经知道了。"苦思冥想者说。他在努力控制住自己的情绪。

小学校长深深地叹了一口气。"我还以为你们不知道呢，"他说，"我还以为他只告诉了我一个人呢。"

苦思冥想者盯着小学校长充满悲伤的脸。他突然想他也许就是下一个将要死去的人。这种恐怖的想法让他不是太想继续关于死亡的交谈。但是，他还是忍不住问了一句："他真是一个有才华的人吗？"

"人都快死了，还说这有什么用？！"小学校长绝望地说，"对一个将死的人，是不是有才华一点都不重要。"

"那什么重要？"苦思冥想者不安地问，"还有什么重要？"

小学校长掏出一叠已经揉皱了的信纸，指着上面的一段话说："他说我是他唯一的朋友……"他没有说完就开始抽泣起来。

苦思冥想者递给小学校长两张纸巾。

"这很重要，"他接着说，"对他和对我都很重要。"

苦思冥想者碰了碰小学校长的肩膀，示意他擦掉脸上的眼泪。

"人一辈子只有一个这样的朋友，"小学校长继续抽泣着说，"可是，为什么要到了最后的时刻才……"

苦思冥想者看着小学校长。他想起几年前他陪着自己的那位亲戚去乡下看望他的经历。他那时候觉得这两个少年时代的朋友完全是封闭在不同世界里面的人。他们好像不止四十年没有见过面。他惊奇地发现，他们关于他们少年时代共同经历的事情有矛盾的记忆和感觉。他还惊奇地发现，他们都想知道对方过去四十年的生活，又都不愿意回忆自己过去四十年的生活。

"这么重要的事情要到这最后的时刻才说出来。"小学校长说,他的声音充满遗憾。

苦思冥想者以为小学校长接着是要去火车站。他以为他会要去看望自己正在死去的唯一的朋友。"我已经一个星期没有怎么睡觉了,"小学校长说,"我想去看他。"

"你应该去。"苦思冥想者说。

可是,小学校长又将信举到了他的面前,并且激动地摇着头。

"怎么回事?"苦思冥想者问。

"他在这信中请求我不要去,"小学校长说,"他说那样的见面,他和我都会受不了的。"

苦思冥想者伤心地低下了头。"你还是应该去。"他嘟噜着说。

3

送走小学校长以后,苦思冥想者坐在餐桌边发呆了很长一段时间。他已经没有任何胃口了。他站起来把剩下的饭菜都倒进了厕所里,接着把桌子收拾好,把碗筷洗干净。这时候,他又有了无所事事的感觉。他有点后悔自己对"重要的事情"的预感。为什么要匆匆中断自己的旅游计划呢？为什么一定要把重要的事情当成重要的事情呢？

他无所事事地走到了阳台上。他本来只是想呼吸一点新鲜空气。可是，阳台角落里那几盆枯死的花草吸引了他的注意。他如痴如狂地打量起它们来。他记得那位亲戚也是养花的高手。现在，他的那些花草是不是也正在死去？突然，他的耳边又回荡起了小学校长的抽泣。他关于"才华"和友情的说法让苦思冥想者伤感。

小学校长的抽泣被又一阵敲门声打断。苦思冥想者没有想到小学校长又会出现在他的跟前。他用打量那些枯花死草的眼神打量着仍然被悲哀包裹着的小学校长。"我觉得你说得对。"小学校长说。

"我的什么对？"苦思冥想者说。

"你说我应该去看他。"小学校长说。

苦思冥想者刚才走上阳台之前其实已经有点后悔自己的这种说法了。"但是，他请求你不要去，"他提醒说，"他在最后的时刻并不想看见你。"

小学校长用诧异的目光看着苦思冥想者。"可是你说……"小学校长说，"我不应该遵守他的这种请求。"

"也许他是不想你看见他，"苦思冥想者提醒说，"这是他最后的请求啊。"

这进一步的提醒对小学校长还是不起作用。"我应该去看他,"他坚持说,"他是我在这个世界上唯一的朋友。"说完,他问苦思冥想者是否可以借点钱给他。他说他原来不知道自己会要走那么远。

苦思冥想者十分爽快地把小学校长需要的钱递给了他。但是,他还是提醒小学校长应该尊重他唯一的朋友的意愿。

小学校长一点也不理解苦思冥想者为什么会在这样短的时间内发生这样大的变化。不过,他已经下定了决心。他决定去看望那位正在死去的人。他想看着自己在这个世界上唯一的朋友如何离开这个世界。

小学校长离开之后,苦思冥想者又站回了阳台上。从那里,他可以目送着小学校长在暮色中走远。他不知道小学校长的出现会给他自己和他唯一的朋友带来怎样的痛苦。他突然改变了态度。他觉得小学校长应该尊重自己唯一的朋友最后的意愿。不过同时,苦思冥想者又为小学校长最后的固执而激动。他从他急促的背影知道小学校长将那只会给双方带来痛苦的见面看得多么神圣。这时候,苦思冥想者突然觉得这才是重要的事情:对友情的幻觉,对挽留的固执。他好像隐隐地体会到了一种更加奢侈的自由。那种只有死亡能够带来的自由。他弯腰捡起一片枯死的花瓣,将它扔到阳台外面。他好奇地跟踪着花瓣不规则的落体运动。在花瓣与地面接触的一刹那,电话铃又响了起来。

这一次,苦思冥想者不再忙乱了。他从容地走近电话机。

在拿起话筒之前，他还稍稍迟疑了一下。他试图猜测出这一次是谁打来的电话。但是并没有等自己得出结论，他的右手就已经傲慢地拿起了话筒。他有气无力地对着话筒"喂"了一声。

"生日快乐！"

话筒里传来的声音令苦思冥想者大吃一惊。他回过头去看了一下挂在墙上的日历。一点也没错，今天的确是他的生日。他二十八岁的生日。这让他惊喜地意识到也许的确有比死亡更重要的事情。"是你吗？"苦思冥想者深情地问。

"是我。"这声音是亲切而又愉快的。

"你是怎么过来的，这么多年了……"苦思冥想者深情地说。

"没什么，好像就只是一瞬间。"这声音是亲切而又愉快的。

"每次想起来，我就觉得很对不起你。"

"还去想它干什么？"

"不能不想。"

"可是，我们不都还好好的吗？！"

"你这么说我真高兴。"

"生日快乐！"

"没想到还会听到你的声音。"

"我想你听到。"

"其实我一直在外面旅行，差点就错过了这不可思议的时刻。"

"我们不会错过。"

"我们?"

"我们。"

苦思冥想者的手轻轻地颤动了一下。"生日重要吗?"他深情地问。

"不。生日快乐才重要!"这声音是亲切而又愉快的。

乳白色的阳光

1

税务员在二十九岁生日那一天得了一场怪病。他在病床上躺了将近两个月,病因也没有查清楚。因为他的各项指标都恢复正常了,医生没有同意他在医院再多住一段的请求。他在一个星期天的下午出院。出院后的第二天,他在正常的上班时间走进了办公室。但是,这完全不是一次"正常"的上班。税务员惊奇地发现,虽然自己已经在同一间办公室工作过六年,这两个月的离开已经改变了那里的一切。他觉得那里完全变成了一个陌生的地方,他好像是第一次在那里出现。

整整一个星期他都遭受这种陌生感的折磨。而每天的陌生感又都有特殊的"物质形式"。第一天,它与一张明信片有关。

出院的前一天，税务员突然想起了那张明信片。那是很多年以前他的朋友马略从西藏寄给他的。他清楚地记得那上面写满了颓废的诗句，但是，却记不起其中的任何一行诗句的具体内容。税务员没有多少朋友，更没有多少愿意给他写信的朋友。这些年来仅有的那些信件都被他保存在办公桌中间带锁的那只抽屉里。可是，他翻遍了抽屉也没有那张明信片。他失望极了。他肯定自己绝对不可能将那张明信片放在其他的地方，而它却又没有在它应该在的地方。这让他感觉陌生。他抚摸着插在抽屉上的钥匙，开始怀疑起了自己的记忆。

第二天的陌生感觉来自一个噩梦。午餐之后，极度厌倦的税务员趴在办公桌上睡着了。他梦见了曾经躺在病房最里面那张病床上的病友。他的沉默好像是一道阴影，令整个病房气氛压抑。他在的时候，所有人都不敢开口说话。而每次只要他一离开，病房里顿时就会洋溢着节日的气氛。可是一天深夜，那个人突然惨叫起来，显然是疼痛难挡。他的惨叫持续了很长一段时间之后，医生和护士才陆陆续续赶来。他们做了初步的检查之后，决定将那个人送往急救室。那张病床后来就一直空着……这个空白比沉默更加恐怖。病房里的气氛因为那个人的彻底离去而变得更加压抑。奇怪的是，在税务员的噩梦里，那个人又回来了……税务员梦见自己有一天清早醒来之后，看到那张病床上竟然躺着一个人。那个人也正好侧过脸来看了税务员一眼……怎么回事？怎么还是那个人，那个沉默得让人恐惧的人？税务员惊醒了。他抬起头来。他看到他的同事们正围在茶几边打扑克牌。那是他们消磨时间的方式。他们当然没有人知道他们的这位同事刚才看见了一个已经死去的病友。

第三天，税务员的陌生感觉是由局长引起的。他刚在办公桌旁坐下，就被局长的秘书叫了出来。秘书说局长有重要的事情要找他谈话。税务员战战兢兢地来到局长办公室。局长示意他在办公桌前的椅子上坐下。"她说你对她越来越冷淡了，这是怎么回事？"局长用严厉的声音问。税务员还没有来得及回答就感到了一阵强烈的恶心。他站起来朝厕所跑去。刚跑到厕所门口，他就大口大口地吐了出来，就像刚住进医院的那天一样。局长这时候也站到办公室的门口，他远远地看着蹲在厕所门边的税务员，用蔑视的口气喊道："你恐怕是又要住院了！"税务员这时候差点想回答局长刚才的问题。他想指着地上的呕吐物说那就是他女儿做的早餐。他想告诉局长连自己的胃口都已经开始对他女儿冷淡起来了，就是这么回事！

第四天，税务员一连拨打的五个电话都是忙音。这是他从来没有遇见过的繁忙景象。世界变得越来越陌生了，税务员冷漠地想，人们都在忙些什么呢？他不停地重拨了那五个号码，一直都是忙音。人们一定是在忙于消费吧。税务员知道现在是经济过热的时期：生产不断扩张，需求不断膨胀。税务员知道这种过热不仅不会引起局长的忧虑，反而有利于局长积累他的政绩。引起局长忧虑的是税务员对他女儿的冷淡。"这是怎么回事？"他的问题比他的权力更令税务员感到恶心。

第五天的陌生感觉仍然与马略有关，准确点说是与马略送给税务员的一本书有关。税务员从小就是一个热爱阅读的人。但是，自从结婚之后，他对阅读的兴趣迅速下降。这一方面是因为局长的女儿对阅读根本就没有兴趣（而她自己的解释是"我哪有时间啊"），另一方面是因为与一个生活习惯几乎对立的人的婚姻给他带来了许多的困惑，这些困惑渐渐让税务员对一切都失去了兴趣。可是在住院期间，税务员偶然翻开了马略去西藏前夕送给他的那本小说。他对阅读的激情又一次被调动了起来。那本题为《遗弃》的小说其实布满了阅读的障碍，而税务员读起来却觉得非常流畅。他在第五天下班前的一小时将小说读完。他更加强烈地感到办公室已经变成了一个完全陌生的地方。他绝望地望着窗外。他感激那种病因不明的怪病。如果不是因为那种病而住进了医院，他大概仍然不会翻开那本让他重返阅读的书。

税务员一直等到天完全黑下来才离开办公室。他并不想坐在让他感觉陌生的办公室里，但是他更不想回家。家带给他的是更加陌生的感觉。躺在病床上的时候，税务员一边为自己的指标祈祷，希望它们不要急于恢复正常，一边不停地审视自己现在的生活。他觉得他的生活真是荒唐透顶。因为他是局长的女婿，他的单位与他的家庭滑稽地纠缠在一起。这使他既丧失了社会生活，又丧失了家庭生活。他感觉自己就是一只无处藏身的老鼠。他每天都在遭受厌倦的折磨。他厌倦极了。他怀疑厌倦就是他得的那种怪病的病因。他非常泄气自己没有说服医生让他能够在医院里多住一段时间。

税务员一路上都在回忆自己这五天来的陌生感觉。他甚至觉得自己鞋底落地时的感觉都很陌生。他没有感觉自己这是在往家里走。他觉得自己这是在走向生活的尽头。

2

税务员到将近黎明的时候才睡着。他中午的时候惊醒过一次。他感觉他的妻子已经没有在家里。她昨天晚上有过两次明确的提示，税务员都故意没有做出反应。局长其实说错了。他对她远不止是"越来越冷淡了"，而是彻底冷淡了。极度的厌倦是这彻底冷淡的原因。税务员根本就不在乎他的妻子对他的没有反应的反应，他也根本就不在乎他的妻子去了哪里。他很快又睡着了。对周围的陌生感觉使他与自己所处的时区出现了时差。他一直睡到了将近黄昏的时候才起来。

起来之后，税务员懒散地坐到了新买的沙发上。这在他住院期间才买进来的新沙发当然会让他感觉陌生。但是，更让他感觉陌生的是他所熟悉的那一切：茶几、衣柜、书桌、窗帘、台灯、枕套、冰箱……所有那些几乎与他们的婚姻同龄的物品。这种对熟悉事物的陌生是一种剧烈的疼痛，是将他与时间撕开的疼痛。这疼痛令税务员不堪忍受。他迅速将自己的注意力转移到房间里唯一"应该"让他感觉陌生的新物件上。税务员从没有听他妻子提出过关于添置新沙发的想法。他在六天前从医院回来之前也没有听他妻子说过新的沙发已经在他之前先进了家门。他想象了一下新沙发被搬进来那一天的情况。他记得在他们婚姻的初级阶段，他会特别嫉妒。他嫉妒她生活中的所有男人：她的同事，她的亲戚，她的父亲，甚至她请来的搬运工。现在，他居然已经丝毫感觉不到嫉妒的烈焰了。他知道这是他对她彻底冷淡的标志。这也是他对生活厌倦到了极点的标志。

新沙发正好冲着通往阳台的门。阳台外有一棵去年突然枯死的古树。税务员茫然地打量着那棵古树。他早就已经将它突然的枯死当成是他自己的彻底冷淡的象征。他没有想到在遭受了五天陌生的感觉之后，他会看到一阵乳白色的阳光从毫无生机的树干上掠过。接着，天色就暗了下来。那一阵乳白色的阳光显然不是自然的景观。它也许是神迹，也许是幻觉。它将税务员带进了另一个黄昏，一个他终生难忘的黄昏。那个表情严肃的男人在那个黄昏走进了他窄小的房间。他对税务员充满了敌意。他和他在一起等待着税务员的母亲下班回来。在那恐怖的等待过程中，他只对税务员说过一句话。他说："你本来不是你。"这时候，税务员正好看到一阵乳白色的阳光从他的窗口一晃而过。他打了一个寒战。税务员至今也不明白那句话是什么意思。为什么他本来不是他？他甚至不敢告诉他母亲那个人对他说过这样的一句话。

母亲回来的时候显得特别高兴。她还做了一顿丰盛的晚餐，其中有那个人"最爱吃"的红烧肉。税务员不知道母亲是怎么知道那个陌生人"最爱吃"的菜的。他发现那个人的表情没有因为红烧肉而改变，也没有因为母亲的高兴而改变。他好像是带着仇恨而来的，税务员想。所以，当母亲告诉他那个人将要在家里过夜的时候，税务员简直觉得世界末日就快到了，而当她安排那个人挤在他的床上睡觉的时候，税务员更是觉得世界末日已经来临。他凑到母亲耳边，气愤地问："你为什么不让他睡在你自己的床上呢？"

母亲用高度警惕的目光看了税务员一眼。

税务员清早醒来的时候，发现那个人已经没有挤在他的床上了。他坐起来，朝母亲的房间望去。他发现那个人也没有睡在母亲的床上。这让税务员感觉有点奇怪了。他走到母亲的床边。他发现她也已经醒了。"客人呢？"他轻声问道。

"走了。"母亲说。

"什么时候走的？"税务员问。

"天还没亮的时候。"母亲说。

"我怎么一点都不知道啊？！"税务员说。

母亲什么也没有说。她只是充满温情地看着他，并且用指尖在他的额头上轻轻划了一下。

这是税务员第一次强烈地体验到陌生的感觉。母亲温情的目光让他感觉陌生。母亲的指尖让他感觉陌生。母亲的沉默更让他感觉陌生。在这一刹那之间，他的母亲让他一点也感觉不到亲近。她第一次在他的眼里成了一个陌生人。

那一阵乳白色的阳光让税务员又回到那个二十一年前的黄昏，又看见了那个他再也没有看见过的人。他抚摸着新沙发的表面，感觉很不舒服。他想起自己在那世界末日之后不久的一天，在他最讨厌的数学课堂上，突然羡慕起那些有父亲的同学们来。税务员的父亲在他出生后不久就离开了他们。他一直是由母亲带大的。母亲不允许他学游泳，不允许他学骑车，他的世界远没有正常的世界那么丰富。对母亲的依恋让税务员在那场事故之后不久就成了家，就成了局长的女婿。他无法容忍生活中突然出现的空白。他的母亲是在横过马路的时候被一辆警车撞倒的。她带走了关于那个黄昏的所有答案。税务员一直想问她"你本来不是你"到底是什么意思。他也一直想问她那一阵乳白色的阳光到底是不是他的幻觉。

税务员不知道他的妻子是什么时候回来的。他突然听到了她在厨房里切菜的声音。那声音让税务员心烦意乱。他从沙发上站起来，并且很快穿好了衣服。在他正准备走出家门的时候，他的妻子从厨房里探出头来，不安地看着他。"饭就快做好了。"她说。

"我还是觉得恶心,"税务员说,"什么都不想吃。"

3

税务员心烦意乱地朝办公室的方向走。刚才他在那棵枯死的古树下站了一会儿。在那里,他突发奇想,竟觉得那一阵乳白色的阳光就是他得的那种怪病的病因。这种想法让税务员更怀念自己的母亲。如果不是因为那场事故,他现在可能就已经明白了与那一阵乳白色的阳光相关的一切。如果不是因为那次事故,他就是另一个人,就不会匆匆组成一个这样的家,也不会因此而有现在的工作……这也许就是他不明白的"你本来不是你"的奥秘?

他茫然地走在这条连接家和单位的路上。他已经在这条路上走了好几年了。他已经厌倦了。幸亏这种厌倦,否则,在这条路上来来往往就成为他的一生。他妻子刚才对他说的话的确让他觉得恶心。他们之间已经冷淡得无"色"了,他相信,很快还会冷淡到绝"食"的程度。他根本就不想与她坐在一起吃饭。他根本就不想吃她做的饭。在出院之后的这一个星期里,他对家的陌生感觉也到了他难以忍受的程度。

他走进了路口的那家小餐馆。那是他和他的同事们经常去的地方。店主知道他们所有这些税务员的个人口味。他非常殷勤地招呼税务员在他喜欢坐的那张餐桌旁坐下。"我只想喝点啤酒。"税务员说。他注意到小餐馆里还有另外的一位顾客。他坐在墙角的那张餐桌旁,背对着税务员坐的餐桌。

店主在给税务员送来啤酒的时候,指了指那个人的方向,然后俯身到税务员的耳边说:"他在那里坐了一整天了,好像在等什么人。"

税务员回头看了一眼,然后,他开始喝起了啤酒。喝着喝着,他突然觉得刚才看到的背影好像非常熟悉。这是他自从出院以来,第一次对世界出现的一点熟悉的感觉。他又回头看了一眼。他大吃一惊:那不是马略的背影吗?

税务员迷惑不解地走到那张餐桌旁。马略抬起头来,示意他坐下。"我等你一天了。"他说。

"你不是死在墨脱了吗?"税务员问,"我听说……"

"是啊,那条毒蛇!"马略说,"它在我的大腿上咬了一口。"

"你给我的那部小说里也有一条毒蛇,还记得吗?"税务员问。

"那是小说主人公虚构的,"马略说,"它象征着我们经历过的历史,充满谎言的历史。"

"我读完了那部小说。我很喜欢。"税务员说。

"我知道它会引起你的兴趣。"马略说。

"但是,那苦闷的主人公最后去了哪里?"税务员问。

"我也不知道,"马略说,"我想他应该是去了一个完全不同的地方,比如西藏。"

"所以你也去了西藏,"税务员说,"而且死在了那里。"

"是啊。"马略说。他的目光里充满了对生命的留恋。

"可是你为什么会回来呢?你在这里等谁呢?"税务员问。

"我在等你,"马略说,"我知道你非常需要我。"

税务员伤感地低下了头。他真的需要马略这样有特殊经历的人来为他指明道路。

"你怎么了?"马略问。

"我不知道是自己出了问题,还是周围的世界。"税务员说。

"到底怎么了?"马略问。

"一个星期了,"税务员说,"一切都很陌生……陌生得让人恶心。"

"这跟那本小说主人公的感觉差不多。"马略说。

"是啊,"税务员说,"可是他能用写作来拯救自己……我怎么办?"

马略用肯定的目光看着税务员。"改变,"他说,"这是唯一的出路。"

"包括离婚吗?"

"是的,搬家、离婚以及换工作等等。"

税务员回应马略的目光中充满了疑虑。他不相信这些世俗的办法能够治愈他内心的痛苦。

"如果这些都不奏效，最后还可以离开：去另一座城市，甚至去另一个国家。"马略说。

税务员还是用怀疑的目光看着马略。这"最后"的解决对他也没有什么吸引力。事实上，所有这些解决他自己都已经想到过，根本就不需要马略来建议。他倒是很希望马略能够谈谈自己的特殊经历。那或许会给他一些启发。"时间真的会停止吗？"他低声问。他觉得马略建议的那所有的"改变"都没有彻底改变我们与时间的关系。他觉得我们与时间的关系可能才是问题的关键。

"你这是什么意思？"马略问。他看上去有点紧张。

"我的意思是，"税务员稍稍停顿了一下，用更低沉的声音问，"死亡可怕吗？"

税务员进一步的问题让马略更加紧张。"事情没有那么严重。"他激动地说。

"我觉得事情非常严重。"税务员说，他的声音很肯定。

"你真的不应该想那么远，"马略还是很激动地说，"试试我的那些建议吧。"

税务员非常沮丧马略拒绝回答他最有资格回答的问题。税务员刚才站在那棵枯死的古树底下的时候掰下了一块粗糙的树皮。他想到古树对季节或者说时间已经没有任何的感觉了，因此它周围的世界就不再能够对它有任何的影响。税务员对死亡的思考其实是从《遗弃》开始的。也就是说,他对死亡的思考其实与马略有一定的关系。但是,这个从死亡中回来帮助他的人却拒绝回答他关于死亡的问题。他刚开始从背影认出他的那种兴奋突然就烟消云散了。他回头向店主示意了一下,示意可以结账了。他再回过头来的时候,马略却已经不在了。税务员没有觉得什么奇怪。他将这当成是马略对他的问题最后的拒绝。

像往常一样,店主死活也不肯收税务员的钱。事实上,店主这时候更感兴趣的不是税务员,而是突然消失的马略。"他到底在这里等谁啊?"他好奇地问。

"不知道。"税务员说。

"你们刚才不是在谈话吗?"店主问,"你们谈些什么啊?"

税务员看着好奇的店主。他对他突然有一种极为陌生的感觉。他觉得他不再是那个自己从来不愿与之深谈也一直都很瞧不起的小业主,而变成了一位可以推心置腹的朋友。"我们在谈论死亡。"他充满感情地说。

"死亡有什么好谈论的,"店主说,"所有人都必死无疑。就这么简单。"

税务员当然不觉得死亡这么简单。他关于死亡已经有许多的思考,而马略的出现和消失又给他带来了更多关于死亡的问题。"你见过死人吗?"税务员问。

"见多了。"店主不以为然地说。

店主对问题的误解并没有让税务员泄气。"我的意思是你与死人交谈过吗？"他接着问。

"这是什么意思？"店主问。

税务员不知道应该如何向他解释。幸好，他突然想到了一个更深的问题，能够将他们的谈话继续下去。"你觉得死人也会有陌生的感觉吗？"他问。

"死人什么感觉都没有。"

"按你的说法，死人就不会怕死了吗？"

"他们都已经死了，怎么还会怕死呢？！"

"我以前也这么想。"

"就是这样的。"

"可是现在我觉得他们还是有对死的恐惧，就像我们恐惧生活一样。"

"这有点不可思议。"

"所以我现在觉得，"税务员停顿了一下，说，"人哪怕是死了也同样还会遭受陌生感的折磨。"

这时候，税务员又想起了他的母亲以及他一生中第一次强烈地感到过的陌生感觉。他匆匆与店主握手告别。他走出小餐馆。他没有在路口犹豫应该往哪边走。他朝回家的方向走去。

公共澡堂

耀眼的白色使X辨别不出折叠。当时X正站在公共澡堂的入口。从天而降的冬季！他这样感叹。在这之前，X看了一下手表。夏天和秋天就在那一刹那间消逝了。X从细雨绵绵的春天一下子就走进了白色的冬季。秋天从来没有在他的记忆中留下过什么印象，因为秋天里他总是在外面出差，从一个地方走到另一个地方，年复一年地推销那种三十年来没有做过任何改进的闹钟。X早就厌倦与人们交谈了，但是他不得不与人们交谈，谈论重复的话题，谈论没有任何吸引力的闹钟。比如他不得不总是向人们提出这样的问题："假如你因为早上睡过了头而耽误了去车站接人，那是一件多么严重的事情啊？"他自己就耽误了一次。"没有关系。"他的妻子捧着他沮丧的脸说。"我真的不愿意你太累了。"X仍然在忏悔。"真的没有什么关系。"他的妻子轻松地笑着说。X自己太累了。这也许就是秋天留给他的印象。他需要像天使一样去沐浴。可是,他怎么就不知道天使们也许从来就不需要沐浴呢?悠闲的时光可以使身体永保光洁。X从来没有享受过悠闲的时光。他的童年被屋前那棵枯树上的高音喇叭剧烈地摇晃着,就像一片穿过激流的小舟。它有时候会被巨浪吞没。那时候,X一定在重复那个噩梦。他梦见他的母亲被愤怒的人群用带锯齿的铁棍抽打着,就像不久前他的外祖父经历的一样,尽管他的母亲也参与过毒打那个英俊挺拔的老头儿。X梦见他母亲的眼珠在血泊中有节奏地滚来滚去,像是在演奏一段动听的旋律。是的,他需要沐浴。他需要冲刷掉一天天积累起来的疲倦,一天天积累起来的恐惧,一天天积累起来的绝望以及这一切所导致的仇恨——一天天积累起来的仇恨。X并不知道他仇恨什么。有很多次当他走进公共澡堂的时候,他感到自己是走进了奥斯威辛的毒气室。他感到沐浴的结局不过又是那个灾难——那个不容任何后悔的灾难,那个永恒的灾难。X本能地要去反抗这种侮辱。可是他太累了。他太累了。在更多的时候,X仍然固执地相信沐浴将使他重新看到希望,并且看不到他绝望的妻子。那一天,她的行李的确很多。X为了早起特意睡得很早。他也拨好了闹钟——他负责推销的那种闹钟。可是他没有被闹铃惊醒。那是夏天。夏天总是在流血。前年的夏天,在推销的途中,X的行程不得不缩短。他不能去东北了。他在乱糟糟的北京停留了三天。正是在那三天里,X读到了那本关于奥斯威辛的书。他觉得北京的气氛太压抑了。他不喜欢看到乱糟糟的群众。于是，他买到了一张回程的车票。可是列车在开出四小时之后就停下来了，停了整整四十八个小时。X看到列车员在车厢里穿来穿去。"我们有什么办法！"她们都像中了邪一样在车厢里穿来穿去。"全国的铁路都瘫痪了，我们有什么办法！"她们嚷嚷着说。去年的夏天，X的表妹被她的丈夫打成了重伤。X在她出院的那一天去医院探望她。他的表妹是他在这个世界上钟情的第一个女人。她怎么会知道呢？她那时候还只是一个孩子。X那时候也还只是一个孩子。他清楚地记得他总是愿意坐在她的身旁，并且轻轻地挨着她。那感觉就像是一场沐浴。那场沐浴之后，他的确看到了希望，因为他开始那么真诚地渴望着人与人之间的温暖。而他现在需要什么呢？他需要一份标志着自尊的奖金。X对生活已经没有什么兴趣了，甚至对怎样来使用那一份奖金也没有什么兴趣了。他需要的仅仅就是一份奖金。不幸的是，他获得奖金的希望在逐年减少，因为人们对X推销的那种闹钟已经没有什么兴趣了。"为什么会这样呢？"X出于礼貌而不是出于兴趣问了一句。"他总是要。"他的表妹说，"他每天都要……我满足不了他。"表妹每对人解释一次就会痛哭一场。X把手放在她的肩膀上。他在想，假如人们对闹钟也有那么强烈的要求就好了。他就可以不像现在这样疲劳了。今年的夏天，X听到了科威特沦陷的消息。他开始非常地平静。他接着想，五十多年以前，当中国的城市一个接着一个光复的时候，是不是也有很多人像他一样非常地平静呢？毫无疑问，当中国的城市一个接着一个光复的时候，在那些欣喜若狂的城市居民中没有多少人真正知道这古老并且受伤的土地将以一种怎样奇特的方式康复或者将康复成怎样一种奇特的样子。那些城市的居民结束了他们的难民生活，非常自私地在自己被毁坏了的房屋前叹了一口气。但是X感觉到自己的难民生活永远也不会结束，因为那个不容后悔的灾难总是在那里，那个永恒的灾难！它与任何人生的努力都没有关系。当他站在公共澡堂的入口，他可以透过耀眼的白色看到沐浴的结局。一百五十万到两百万，也许有四百万（注：这是那本书里关于奥斯威辛死难者人数的估计）……X清楚地记得这些数字，清楚地知道这些数字的含义。在北京，当差不多两百万人涌上街头的时候，X不安地以为世界马上就要颠倒过来了，同时他也感到自己已经彻底丧失了自由。他甚至连呼吸都很困难。也许有四百万，X反复想，在灭绝一个民族的时候，纳粹就如同捣毁了一个蚂蚁窝。那么，人是怎样变成蚂蚁的呢？作为难民的人有权追问这样的问题。科威特沦陷的时候，X的平静与他积累起来的疲倦有关。X需要沐浴。他选择了公共澡堂。那里的入口处有一块很大的穿衣镜。可是，X并不是因为它才选择了公共澡堂。那里有男中音、男高音，偶尔还会有男低音。那些被耀眼的白色反射回来的声音与蒸汽混合在一起，有更丰富的质感。X也不是因为它们才选择了公共澡堂。他是为了不让自己的身体暴露在寂寞之中才选择了公共澡堂。他害怕接下来的日子。他站在穿衣镜的面前。那双抚摸过，那双千百次抚摸过他的手，已经不成形了。人们在他的身前和身后来来往往。没有人注意 X 的身体。他自己在注意。抚摸没有留下痕迹。闹钟也没有留下痕迹。当妻子的敲门声把他从酣睡中惊醒的时候，X 惭愧极了。"真的没有关系，"他的妻子并不怎么介意地说，"这不，这一下我们不就永远地生活在一起了吗？"就这样，他们结束了长达十年的分居生活。X 的妻子抚摸着他疲惫的身体。她偶尔会发出一阵轻柔的笑声。那时候，X 以为她想起了另外的一个男人。可是，他的心被舒坦的感觉占据了，他无法表现自己的难过。X 是渴望着单纯的，他绝不愿意自己成为一种重叠的印象中一个尽管是很重要的组成部分。疲倦并不单纯。寂寞并不单纯。所以 X 选择了公共澡堂。他需要沐浴。他还记得，修道院长亚历山大回顾过去时悲痛地说："我们的父老从来没有洗过他们的脸，而我们却经常去公共澡堂。"当 X 从那本《欧洲道德史》里面标记出这一段话的时候，它或许已经预示了他的选择。这件事发生在关于奥斯威辛的那本书之前。当时 X 还没有关于毒气室的任何想象。是的，他对自己的选择依然保留着很深的道德根据感到由衷的安慰。人们已经不再关心道德了。事实上，在他无数次走进公共澡堂的时候，X 并没有意识到他正在走进公共澡堂。他甚至没有意识到他将沐浴，因为他没有意识到疲倦和寂寞。事实上是公共澡堂选择了他。现在，X 安慰于他正站在公共澡堂里这样的事实。尽管人们并没有注意他的确不值得注意的身体，X仍然感到温暖。他感到他的身体仿佛是一片森林的一部分。它不会因为他妻子草率的死而暴露在天堂般的寂寞之中。他从穿衣镜前转过身去，清楚地看到了耀眼的白色被折叠成许多小间，就像迷宫一样。X走向一条通道的尽头。他不可能在那里见到他的妻子。她已经不再是那一片森林的一部分了。她被一列运载军需物资的火车碾过，成了X关于夏天血腥印象中的一部分。这是她自己的选择。她选择用那个不容任何后悔的灾难来谴责他，来谴责他从来没有犯过的错误。"我真的没有。"X说。他说他真的没有外遇。他可以用他的冷漠来解释。他可以用他的良心来解释。他甚至可以用他的疲劳来解释。X终于知道，原来他拥有的一切理由对于那个不容任何后悔的灾难来说都是虚构的。只有一种真理，就是那个不容任何后悔的灾难，那个永恒的灾难。X想，也许是那个不容任何后悔的灾难选择了他的妻子呢？恐惧就像一堵墙。当人们簇拥着进入毒气室的时候，他们不可能再去感觉自己的身体。森林被焚毁了。曾经郁郁葱葱的地方最后变成了沙漠。那里蕴藏着一场新的风暴。但是，X确信，疲劳会经过沐浴而消失。他已经没有勇气去乘坐火车了。尽管他永远也不会让自己沦为军需物资。X将申请提前退休或者调换到一个轻松得多的岗位上去。他知道，闹钟的确没有什么用处了。它不会影响生命的进程。它是因为一些琐碎的事情而存在于这个世界上的，一些在他妻子看来"没有什么关系"的事情，就像她自己的生命一样。当然，X的妻子正好是认为X的某些行为与她有很大的关系，才突然中断了与他的任何关系的。X首先拧开了热水龙头，接着慢慢拧动冷水龙头，直到他的手心触到了能够接受的水温。在刚要全身投入飘洒的水花中去的时候，他听到了一个男中音和一个男高音之间的谈话。"听说了吗？"男高音问。"怎么会没有听说呢？！"男中音说。"我妻子才不会呢！"男高音非常自豪地说，"她巴不得我在外面惹点事。""那是为什么？"男中音怀疑地问。"那样我不是就没有理由教训她了吗？！"男高音得意地说。X投身到水花之中。他首先让水流集中从他的面部经过。他忽然感到了一阵呼吸的艰难，就跟他在那年夏天的北京时的感觉一样。X当时正读着那本介绍奥斯威辛的书。X在想：过不了多久，那个男高音就会唱出来那首意大利的名歌来，那首《我的太阳》。他在不安地想。

那位最后到会的代表

主持人焦急地望着墙上的钟，他的右臂肘关节撑在会议桌上，手掌托着他的右颊。他完全没有注意到指针的位置跟前一次，两次……甚至很多次会议时一样：在一年以前，钟的电池就已经用完了。主持人的眼睛执拗地盯着墙上的钟。这个时候，他的眼睛一定不是他心灵的窗户。因为他的心灵被他那长得不好看（尤其是牙齿长得很不好看）的妻子统治着。她在十分钟以前的电话里告诉他："是的，你说对了。是的，我又怀孕了。"她显然是刚从医院检查回来。她每次从医院回来，总要忙着刷牙、洗脸、换衣服。她说她像讨厌蛇一样讨厌医院里的那种气味。有一次，一个头上缠着纱布的病人踢翻了过道里的一只痰盂。主持人的妻子肯定有污水溅到了自己的裤腿上，她整整两天没有吃任何东西，而且还总是坐在饭桌前哭个不停。很多人的眼睛都盯到了主持人的身上。会议应该已经开始二十分钟了。会议桌上的茶杯差不多都已经离开了代表们刚坐下来时的位置。代表们落座以后都习惯性地翻动了一下自己的文件夹。主持人当然只不过是随便说说而已，他没有理由相信他的妻子又怀孕了。而且他的妻子也没有理由在这个月份怀孕。主持人在随便说说之后，就十分认真地查阅了一遍自己的日记。那里记载着每一次"暴动"（主持人很得意自己找到了这个含蓄的词来指称他们的性生活。他的妻子跟他同样地得意）发生的时间、地点，有时候，还有持续的时间以及暴动队员们的具体感受。是的，他的妻子完全没有理由在这个月份怀孕。所以他没有敦促她尽快去做检查。可是，他的妻子去了。而且不知道是出于兴奋还是出于忧虑，从医院回来之后，还没有来得及刷牙、洗脸、换衣服，她就给主持人打来了十分钟之前的那个电话。"是的，你说对了。是的，我又怀孕了。"她说。主持人的头脑中马上出现了一个这样的句子：他的妻子完全没有理由在这个月份跟他怀孕。这是一个令人沮丧的句子！他马上追问他的妻子做了什么检查，是不是与别人的检查结果弄混了，或者是不是在故意跟他开玩笑等等。"最好再去复查一次。"主持人最后说。他回到座位上的时候，代表们正在互相交谈。昨天发生在公园后山上的强奸抢劫杀人案是大家都很感兴趣的话题。主持人盯着墙上的钟。他那早已经变形的视网膜上在不断地特写着他妻子在暴动过程中的各种各样的表情。他并不知道代表们的目光都集中到了他的身上（代表们都希望尽快开始这一场必定没有结果的讨论）。主持人在等一个人，虽然那个人在这一场必将没有结果的讨论中并不重要。谁又在这一场一定没有结果的讨论中十分重要呢？事实上，主持人也不很清楚自己是否的确在等待最后的那位代表。他的妻子占据着他的想象力和判断力，也占据了他全部的记忆。所以，当主持人终于说出"现在开会！"这几个字的时候，他的音量竟是那样的低沉，他的表情竟是那样的隐晦。他就好像是在对自己的妻子发出了一道暴动的命令。

在一年零一个月以前的一天，这位现在还没有到会的代表第一个来到了会场里。他没有刚坐下就翻动几下文件夹里的材料（其中有很多材料是他从来没有看过的）。这也许是因为整个会场里还没有其他的代表。与椅子一一对应的茶杯还整齐地摆在会议桌上。那一次会议的议题与这一次会议的议题完全一样。这位现在还没有到会的代表微笑了一下，然后，他用左手在他的左颊上轻轻地拍打起来。这时候，他发现自己的胡子已经很长了（他是一个不喜欢留胡子的人。对他来说，有胡子就等于是胡子已经很长了）。于是他迫不及待地在公文包里翻动起来。他翻出了一只东芝牌的电动剃须刀。他每次使用这只剃须刀之前都要重温一遍它的来历。它是前年在公园里的一条长椅上捡到的。冬天的公园像天堂的遗址，只有一些性格孤僻的人在里面走动。当这位现在还没有到会的代表捡起这只剃须刀的时候，他把它当成是在孤独的人们之间传递的火把。可是他没有将它再传递下去，传递给另一位孤独的人。他把它放在自己的公文包里，这样可以避开他妻子的注意。他的妻子对他的私人物品十分留心，除了他的公文包，因为她觉得那里面装的仅仅是一些毫无用处的东西。这位现在还没有到会的代表马马虎虎地推掉自己的胡子。这时候，他注意到墙上的石英钟的报时音乐已经走调了。他把电动剃须刀里的电池卸下来（这一次装上电池以后，剃须刀只用过两次）。他将主持人的椅子搬到石英钟下（其实他完全可以搬起离钟的位置更近的一张椅子）。他显然是更愿意踩踏在主持人的座椅上。他把挂钟里用旧了的电池卸下来，把从剃须刀里卸下来的电池装上去。整个会议期间，他始终用一种亲切和满足的目光打量着钟的指针。它们好像一对柔情的手指在他的嘴唇四周轻轻地抚弄。当然，最开始他也注意了主持人一下。他急匆匆地走进会议室，完全没有注意到他座椅上的脚印。他很有排场地坐下来，大声喊道："现在开会！"

会议讨论铁路改道的问题。在老城区的南边有差不多三公里长的铁道。现在，铁道的南边也发展起来了，成为城市的一个重要部分。来往的列车现在变成了从城市的中心穿过。每天有读不完的来信要求铁路改道。"这个会早就应该开了，"主持人说，"请大家就此发表意见。"结果在会议结束的时候，主持人总结出了三种意见：第一种意见认为要"迅速办"。这一派意见的持有者列举了来信中反映的种种理由；第二种意见认为"不能办"。这一派人给出了许多数据，说明改道将使经济蒙受重大损失；第三种意见认为"办还是要办，但是要缓办"。这一派主张既要照顾到人民的情绪，又要考虑到政府目前的经济能力。也许这一次会议上还存在着第四种观点。那就是此刻正好走进会场中的这位代表的观点。他对墙上石英钟亲切而满足的注视被主持人的询问打断了。他笑着说："其实，大家都有道理。"

这位最后走进会场的代表进来时没有引起人们的注意。他微微弯着腰，并且努力放轻脚步。他在避免人们的注意。他来到自己的座位上，从公文包里取出文件夹，将文件夹放在会议桌上，又把自己灰色的礼帽放到文件夹上。他的眼睛盯着会议桌的边缘。他显得那么疲倦。

主持人正处在一次暴动快结束的时候。他手里的红蓝铅笔毫无意义地在一张白纸上划动。暴动平息后，他痛快极了。他抬起头来。他看到了那位疲惫不堪的代表。他不知道他是什么时候出现在会场里的。他吃惊了一下。接着，他的妻子端上来一碟熘虾仁。"怎么回事！怎么回事！"主持人冲着她直瞪眼睛，他指责地说，"又下这么多的盐。"

这位最后走进会场的代表在前来开会的途中遇到了一起车祸。他帮助那位摩托车驾驶员坐起来。"我的妻子呢？"驾驶员问。他和他的妻子被顿时聚集起来的人群分隔开了。

这位最后走进会场的代表根本就找不到脱身的机会。他搀扶着摩托车驾驶员去了医院。在医院门口，他碰到了主持人的妻子。她问他会议室的电话。他告诉了她。然后，这位代表扶着摩托车驾驶员等在手术室的门口。驾驶员的妻子正在接受手术。她刚才从摩托车的后座被甩到差不多十米以外的地方去了。这位摩托车驾驶员低着头。他的双手死死地攥着代表的左臂。突然，他哭了。"别这样，"这位最后走进会场的代表说，"我们正在等待一个好的结果呢，别这样。"

摩托车驾驶员哭得更加伤心了。"她不能……"他绝望地说，"如果她……我还有什么意义呢？我是为她活着的。"

这位最后走进会场的代表开始并没有在意摩托车驾驶员的话。他在思忖着怎样才能够使这位受惊的年轻人松开他的双手。可是，驾驶员在一遍又一遍地重复着他的哀号。他的双手仍旧死死攥着代表的左臂。

这位最后走进会场的代表终于注意到了摩托车驾驶员的声音。他很震惊地打量着这个年轻人绝望地低着的头。他的情绪完全变了。他开始思索驾驶员的绝望。"真的吗？"他心里问，"你真的是为她活着？"

"什么都不重要，"摩托车驾驶员继续绝望地说，"我的工作毫无意义。甚至我的父母和孩子也没有什么意义。我是为她活着的。她不能……"

这位最后走进会场的代表绝不是为了那些冗长的会议而活着的。那么，他为了什么而活着呢？他甚至没有重视过他的妻子。他们好像只是家务中的同事。这位最后走进会场的代表在离开医院之后，就被这个问题缠上了。他一直就这么活着，没有激情，也没有冲突。他从来没有追问过这样的问题。这个世界对他来说从来就是冷漠和平淡的，他也从来没有企求过丰富。就像冬天他坐在公园里一样，他知道他很孤独，但是他并不指望有一天他突然就不再孤独了。他坐在冬天公园的长椅上，大地干燥得那么苍白。这位最后走进会场的代表不乐观，也不悲观。他得到了另一个孤独的人传下来的火把，却没有把它继续传递下去。可是他到底为什么而活着呢？他现在不得不追问这样的问题。是这个问题使他突然显得极端的疲倦。他一路上一直在想。他在一个公用电话亭前排了一阵队（那里有好几个人在等着打电话），他想把他正在思索的问题告诉他去年开始发胖的妻子。后来他又放弃了。他觉得那样不很妥当。他觉得他可以（而且应该）把这个问题拿出来跟他的妻子郑重其事地交谈一次。这位最后到会的代表走进了会议室，并且在自己的座位上坐下。他仍然在继续思索着这个问题。他到底为什么而活着呢？他完全没有什么头绪。他也许永远也不会有什么头绪。

主持人例行公事地干扰了一下这位最后到会的代表的思绪。"那么你的意见呢？"他问。

"我想他们说的都有道理。"这位最后到会的代表像往常一样回答说。

"已经开过十五次会了,你怎么还是持这种含糊不清的观点?!"主持人非常暴躁地说。这好像是他发起的一场暴动中的一个细节。他无疑是对占据着他心灵的妻子在发泄。

其他的代表们都很吃惊地打量了主持人一下。

这位最后走进会场的代表继续思索着他的也许永远也不会有什么头绪的问题。

"那好吧,"主持人似乎平息了下来,他说,"这一次我把你归到支持'缓办'的这一类之中吧。"

手　枪

X 正行走在一条繁华的街道上。突然，他听到一声枪响。

有两个人从远处显现出来。他们看上去像是意大利人，可是他们讲的却是法语。他们都面带着微笑。他们的外衣都搭在肩上。他们手挽着手。他们中的一个在讲话时还不停地回头。"我越来越忍受不了平静的生活了。"他说着，微笑仍然荡漾在他的脸上。

"我们一直很安全。"他的同伴提醒他说。

"我可不这么想。哪怕在平静的生活里，我也不这么想。"

"事实上你很胆小。"

"这一点我倒并不想否认。也许从来就是如此。从来如此。"

"恰好是我们俩来合作，真有意思。"

"还有 Julie，别忘了。"

"她能够如约而至吗?"

"我想应该没有问题。我爱她。"

"什么?"

那两个人从 X 身边走过去。他们中的一个还是不停地回头。可是,他并没有与他的同伴提起 X。是呵,对这两个匆匆赶路的人来说,X 也许并不是一个谜。他们的过去已经不再重要了。他们的未来又是那样的明确:他们只有一个目的地。"如果这条路上也像城市里的街道一样安装了红绿灯,那将会怎么样呢?"那个并不想否认自己胆小的人问。他这一次回头的时候好像看到了一队坦克朝他们开过来,就像一首圣歌。美国人还是俄国人?他纳闷自己关于战争的幻觉。

"那我们就无法正点赶到法兰克福了。就是说,我们很可能只好放弃。"他的同伴肯定地说。

"这又有什么呢?"

"你又得回到平静的生活中去。这对你不是非常重要的事情吗?"

"对!没错。我们不能放弃。"

"你还是一个拿不定主意的家伙。"

"胆小的人就是这样。这能怪我吗?"

"是呵,我们不能放弃。"

"要不然我们就见不到 Julie 了。"

"她在我们的行动中根本就不重要,我已经跟你讲过一万遍了。"

"可是我爱她。"

微笑顿时从那两个人的脸上消失了。他们正走在一条古老的道路上。不久前下过的一场雨使泥土结合得严严实实，踩在上面的感觉十分稳重。

在检查护照的时候，边防人员例行公事地知道了那两个人的名字：Simon 和 Adam。"先生，你可以走了。"边防人员把护照还给了胆小的人。他迅速跟上了他的同伴。"你刚才表现出来的镇静显示出了人类的尊严。"Simon 说。

"谢谢你能这么说。可是我终于知道了，镇静就是什么都不想，就是脑子里一片空白。难道人类的尊严也是没有内容的吗？"Adam 问。

"我希望这是合作成功然后分道扬镳之前，我们最后一次讨论哲学，"Simon 不满地说，"事实上这个问题我已经回答过了：镇静就是人类尊严的内容。"

X 冲动地停下来。他似乎在等待着第二声枪响。

Simon 和 Adam 是偶然认识的。上个月，他们分别从北部和东部出发去西部度假。在那里，他们又偶然结识了 Julie。当然还有与她形影不离的那位中国大陆来的留学生。Simon 停了下来，他试图点燃一支香烟。可是，他马上又不打算点燃它了。Adam 打量着 Simon。而在 Simon 将那支香烟收进纸烟盒里的时候，Adam 好像是听到了一阵持续的轰隆声。他抬起头，在宁静清澈的天空中搜寻。"你知道我是怎么想的吗？"Adam 问。

Simon 笑了笑。两个人继续赶路。

"关于红绿灯！"Adam 补充说。

"我怎么能够知道你是怎么想的呢？！"Simon 说。

"难道一个理性主义者就不能够揣测一下吗？"

"是他们不愿意这么去做，"Simon 说，"但愿这真是我们最后一次讨论哲学问题。"

"如果他们的确不愿意这么去做，倒也是一个好消息，对于我们的行动。"

"我不大明白你的意思。"

"那样我们不就会很安全了吗？！"Adam 得意地说。

"我还是不大明白。"Simon 说。

"我们要去的地方——"Adam 说，"那里是崇尚计划的，那些人是极端的理性主义。"

Simon 大笑了起来。"理性也可能一开始就不把你当成'同志'，"他说，"是呵，他用不着去揣测，一开始就对你进行阶级斗争。"

"你不是说已经学会了'功夫'吗？"

"别瞎扯了，还是说说红绿灯吧。"

"我想到的是战争，"Adam 说，"交通规则会使盟军向内陆的推进速度大打折扣。也许战争到现在还没有结束。也许我们的行动将是战争的一部分。也许干脆就没有我们的行动了。为什么还要有我们的行动呢?! 那样的话,我们的生活肯定一点也不平静。"

"可是你同样会忍受不了的,"Simon 说,"几十年的炮火,几十年的奔波,几十年的流血、死亡。想想看,你能够忍受得了吗?"

"你是说我们仍然会要行动?"

"是这样。当然如果战争没有结束,我们甚至很可能都不会来到这个世界上。"Simon 说着,贪婪地环视了一下四周。他突然觉得,自己没有来到这个世界上是一件十分可怕的事情。同样,如果自己突然离开了这个世界,也十分可怕,他接着想。他偷偷瞥了 Adam 一眼,他不想让自己胆小的同伴觉察出自己心理的变化。

X 回过头去,他看到了不远地方的那间牙科诊所。在诊所的门口坐着一个表情呆滞的男孩。他的手里握着一把玩具手枪。X 走过去,在男孩跟前蹲下。那个男孩用紊乱的目光打量着他。突然,他慢吞吞地举起了手枪,将枪口顶到了 X 的眉心上。

胖子的儿子用手枪对准 X 的时候,X 正在与胖子的妻子谈起胖子。那支手枪是 X 送给那个孩子的生日礼物。"他越来越不关心孩子了。"胖子的妻子说。

"你一直很能理解他的工作。"X说。

"我去车站送他,我问他什么时候能回来。"

"他告诉我他要去两个星期。他这样告诉过我。"

"是呵。我说,你应该在十天之内回来。"

"为什么?"

"为什么?他也这么问,"胖子的妻子说,"他忘了这个孩子的生日。"

"……"

"事实上,他越来越不关心这个家了。"胖子的妻子的目光里充满了焦虑。

不久,胖子就给X打来了电话。他刚刚从北方出差回来。"你回过家了吗?"X问。

"没有。我在办公室。"

"这么晚了,你应该回家去了。"

"今天晚上我不想回家了,"胖子说,"你能来一下吗?"

X很快就出现在胖子的办公室里。胖子迫不及待地跟他讲起了自己的一段感情经历。

"你说的是那位同事吗?"X打断了胖子拐弯抹角的叙述。

胖子严肃地点了点头,然后接着讲下去。

X认识那位年轻姑娘的时候,她刚刚成为胖子的同事。一个女人能够从事那样的职业令X充满了好奇。"这没有什么不好,"听完胖子的故事,X轻松地说,"你很走运。这没有什么不好。为什么要这么灰心丧气呢?"

"她想跟我结婚。"胖子灰心丧气地说。

"这是十分正当的要求。"

"可是我怎么能够跟她结婚呢?!我有自己的妻子。我需要我的妻子。"

"那么你就别答应她。"

"那样的话,她就不能再跟我保持现在的关系,她说过的。"

"她说得对。"

"你到底代表谁在说话?!"胖子变得急躁起来,他说,"知道吗?我也同样地需要她。这两个女人我都需要。"

"是同样迫切的需要吗?"X说。

"我没有时间跟你开玩笑,"胖子说,"告诉我,我应该怎么办?"

"我倒是很想有你这样的处境,"X说,"可是,我真的不知道应该怎么办。"

胖子的儿子开始向X射击。有一发橡皮子弹击中了X的太阳穴。X假装往旁边一倒,碰翻了茶几上的杯子。胖子的儿子开心地笑了起来,在沙发上乱滚。

一段很长的沉默之后,X随意翻动了几页报架上的报纸。"你自己有什么解决的办法吗?"他问。

"灾难，"胖子说，"在绝望的时候，我衷心地企求一场灾难，让我永远失去其中的一个，永远失去！"

"你能够承受那样的结果吗？"

"因为你永远失去了，受不了也得……我想这件事只能这么被迫地解决。"

"这是相当危险的想法。"

"我知道。"

"你会不会人为地去制造一场这样的灾难呢？"

胖子冲到X跟前。"你是说谋杀吗？！"他大声嚷嚷着说。马上，他的声音又变得阴沉下来。"我从来没有这么想过，"他说，"你知道我不可能。"说完，胖子在X身旁坐下了。他用双手紧捂住自己的脸。

"你应该企求一场那样的灾难，使她们都永远地失去你。"

"别这么刻薄。"

"她们或许没有你失去她们那样难受。"

"你不要再这么说了，我求你。"胖子把自己的右手放到了X的膝盖上。

被反复预报过的台风结果并没有登陆，尽管X和两百公里以外那座著名渔村里唯一的那家旅店的老板娘都做了充分的准备。"我最讨厌台风了！"老板娘说，"台风把我的生意全都吹走了。"

"生意生意，你心里只有生意，"她的女儿抱怨说，"你难道不怕它把我给吹走了吗？"这位外语学院的学生正在家里度过她的第一个暑假。

"我倒希望那样呢，我希望它把你吹到国外去，"老板娘说，"你不能永远待在这个沉闷的地方。"

X 将那个男孩握着枪的手推开。这时候，从诊所里冲出一个中年女人。她很敌意地瞪了 X 一眼，然后弯下腰，把孩子抱起来，抱进去。

Simon 和 Adam 正点到达法兰克福。可是在旅店的服务台并没有人给他们留下什么东西。按照计划，Julie 是应该将她现在的地址留在那里的。台风预报更加重了他们的不安。"你后悔把那个任务交给了她吗？"在他们决定不再毫无指望地等待下去时，Adam 这么问。

"只要你不后悔。"Simon 轻蔑地说。

"我是真的爱她。"

"她爱你吗？"

"这不重要。"

"可是她不爱你，这就很重要了吧！"Simon 说，"度假的时候，她老是跟那个中国人待在一起，你难道忘了吗？"

"有时候，她还愿意跟你待在一起。"

"你嫉妒了。"

"感觉怎么样？"

"她是一个淫荡的女人。淫荡的女人没有意思。她不值得你去爱。"

"可是我真的爱上她了。"Adam 说。他和 Simon 在散步的时候遇见了 Julie 和她的中国男伴。当时她正握着一罐啤酒，在放声高唱《马赛曲》。Adam 和 Simon 为她鼓掌。这样，他们就走到一起来了。他们边走边谈。谈话的最后一个内容是中国。"一八四〇年的时候，中国人最需要鸦片，"Simon 问，"现在他们最需要什么呢？"

那位中国留学生不假思索的回答令 Julie 放声大笑。Simon 与 Adam 严肃地对视了一阵。他们几天来的谈话一直围绕着如何颠覆自己沉闷的平静生活。然后，他们也附和着 Julie 笑了起来。"这真是一个了不起的玩笑。"Adam 用这句话结束了四个人的第一次谈话。

不久，Adam 和 Simon 就上路了。他们有生以来第一次感到生活的意义就珍藏在自己的行动之中。他们甚至还感到时局退回到了骑士时代。在那个时候，人们难以感到空虚。而 X 散步时的心情正好跟他们相反。甚至他的腿都失去了感觉。他感到空虚。他感到自己仅仅是一台被习惯推着走的机器。他最大的愿望就是自己一再重犯把硅胶模特当成了售货员或者相反的错误。对他来说，生活的意义就隐藏在这种错误之中。毫无疑问，枪声是一种例外。它检验了 X 的敏感。X 为此沾沾自喜。自从那次谈话以来，X 无法放弃胖子将制造一起谋杀的想法。

他曾经把这种想法暗示给胖子的妻子和他的那位同事。"警察有时候也会杀人。"X说。她们两人的回答惊人地相似:"那叫正当防卫。"

那座渔村是因猖獗的走私活动而出名的。唯一的那条街道两旁摆列着琳琅满目的"水货"。旅店在街道的北端。胖子经常有任务要到渔村里去。他跟旅店的老板娘已经很熟了。每次他都被安排在那间装修得最好的房间里。那房间的窗户朝向神秘莫测的内地。有一次,胖子带着X去过那里。"感觉不坏吧?"刚刚下了车,胖子就兴致勃勃地问。"到了这个地方我就觉得像是到了地狱。"X在他们离开的时候才回答了这一问题。那一次回去的时候,胖子换了一辆新式的轿车。"这玩意儿就是走私货。"他得意地说。

X站起来。牙科诊所的门面保留着共产主义革命前的那种风格,这让他觉得十分腐朽。X刚要走动起来,第二声枪响了。在这个时代里,随时都会发生谋杀,X愤怒地想。这一次,他注意到了枪声来自他的前方而不是后方。

第一个注意到Simon和Adam的人正好就是X。他发现他们两人正在研究一份普通的地图。X刚从书店出来,天色已近黄昏。"你们会讲英语吗?"他走过去问。Simon和Adam的目光就像当他们听到那个了不起的玩笑时一样。他们当然会讲的,可是Adam显得很尴尬的样子回答说:"Non, Monsieur, desolé。"X笑了笑就走开了。

"这是怎么回事？"Simon 用责备的口气问。

"我怎么知道！"Adam 也很生硬地说。

"也许他以为我们迷了路。"

"也许。但也许他是一个密探呢？"

"反正我们是被人盯上了。"

"我早就说过我们并不安全。"

X 明白了 Adam 的意思，尽管他并没有听懂 Adam 的回答。他反复默诵着那三个单词，直到他遇见了风尘仆仆的胖子。"你从哪里来？"X 问。

"渔村。"

"出什么事了吗？"

"……"

"不，我不是问你的公事，是问那件事。"

胖子疲惫的脸上又显出了一阵伤感。"她开始回避跟我一起出差了。"他说。

"你每天都这么紧张怎么得了。"

"是呵，妻子对我也越来越不满了，"胖子说，"她老是唠唠叨叨的。我不想跟她争吵。你知道的，我不想。"

Simon 和 Adam 终于走进了那家旅店。Adam 被安排在胖子常住的那个房间里。Simon 是自己要求住在 Adam 隔壁的，尽管老板娘一再声明那是整个旅店里最差的房间。"当然它也不是很差。"老板娘补充说。

在吃午饭的时候，Simon 注意到了第二个注意他们的人。这就是旅店的老板娘。她善意的目光不时停留在她的这两位醒目的客人身上。"你要拼命地去接近他们，"老板娘对自己的女儿命令道，"我们这个小破地方还从来没有来过纯种的外国人，也不会常来。"

"我跟你说过了，我的语言还没有到可以跟人谈情说爱的地步。"

"那种事用得着说那么多话吗？"

午饭之后，老板娘的女儿就跟 Adam 谈上了。Simon 回到自己的房间里，写下了一篇很长的日记，记叙昨天发生的事情。在日记的结尾，他再一次写下了自己的担心：Julie 在法兰克福的失约意味着什么？然后，Simon 走出房间。他发现 Adam 还在楼下跟老板娘的女儿谈得火热。他做了一个手势。不久，Adam 就上楼来了。"还记得 Godard 的那部电影吗？"他兴冲冲地问。

"你不能太放肆了，"Simon 说，"有人在注意我们。"

"她跟 Godard 想要表现的大不一样。"

"你忘了你的任务吗？"

"这并不冲突。在中国姑娘身旁，我们更加安全。"

"我们下一步怎么办？"

"我跟她说了马上就下去的。"

"你必须马上上来。"

Adam 下去了差不多一个小时，还是没有上来。Simon 对他的做法非常不满。可是他没有再去对他做手势了。他知道，两个人之间太大的分歧会严重损害他们的行动。Simon 躺在床上，不停地看着手表。突然，他听到了一阵急促的脚步声。接着有人敲响了他的房门。敲门声不重但是频率很快。他听出来那是他的同伴。"警察昨天已经来过了，"Adam 说，"他们知道了我们的事。"

"我们？你和我？"

"不，他们只是知道了有这样的一个'阴谋'。对，就是这么说的，他们说是一个阴谋。明天他们还会来。"

Simon 沉思了一阵。"是你爱的那个人坑了我们。她提前寄出了告密信，"他说，"谁知道那上面还写了一些什么呢？也许真有我们俩的名字。"

"我们怎么办？"

"东西要尽快出手。"

"那只有去找'鳄鱼'。"

"'鳄鱼'？"Simon 不解地望着 Adam。

"怎么样？我说过，爱情和事业并不冲突。"Adam 得意地说。

枪声来自一家专售钓鱼工具的商店。那位打扮得很时髦的售货员正往玩具手枪里装上火药。接着，她的枪瞄准了墙上那张美国影星 Stallone 的照片。

"果然来了。""鳄鱼"微笑着说,并且热情地与 Simon 和 Adam 握了手。他长着一副十分慈祥的面孔。"你们到底有多少货呢?"他接着慢条斯理地问。

Simon 的回答立即扫去了"鳄鱼"脸上的笑容。他身旁那几个人的脸上更显露出了紧张的神情。不过,"鳄鱼"还是很快镇定下来。他十分稳健地说:"都说你们西方人幽默,这一回算是领教了。你们千里迢迢,就为了走私一个笑话,真有你们的!"

"我们相当严肃。"Simon 解释说。

"不管怎么样,我不会接受你们的东西。昨天,我已经接受过一次调查了,""鳄鱼"最后说,"提醒一句,赶快离开这里,知道吗?不然我们都会有麻烦的。"

与"鳄鱼"的会面使 Simon 和 Adam 十分扫兴。他们回到旅馆房间里。"你怎么不再那样回头了?"Simon 有点纳闷地问。

"我甚至没有那样做的勇气了。"

"你变得聪明一些了。"

"只有'鳄鱼'可能要这种东西,"Adam 说,"这是很可靠的信息。"

"现在有两个问题,东西怎么办?"Simon 说,"我们自己怎么办?"

"把东西扔到海里去。"Adam 诚恳地说。

"可这算什么呢？承认我们的失败？！既然我们已经把它带进来了，"Simon 停顿了一下，接着说，"对了，我们还可以把它带出去。通过延长我们的行动……对了！这样，我们就只是部分地失败。"

"你真的这样想吗？"

"什么意思？"

"你真的对我们的行动还有兴趣？或者说，你真的还这样镇静吗？"

"……"Simon 的脸上毫无表情。

"那么好吧，我接受这一点。"

"我们马上离开这里。"Simon 的神情顿时活跃起来。

"可是，我不能接受'这'一点。"

"怎么了？"Simon 不满地问，他心里明白已经发生了什么事情。

"我必须在这里过夜。"

Simon 充满焦虑地看着 Adam。"那好吧，"他无可奈何地说，"东西先由我带走。"

在分手的时候，Simon 告诉 Adam，明天下午两点在检查站旁边的宾馆大厅碰面。"我希望你不要让我一个人出关。"

两天以后，在第二次和第三次枪声之间，X 又看见了那个对他说"Non，Monsieur，desolé"的人。这一次是他一个人。他显得很疲倦。这一次，X对这个人没有一点兴趣了，因为他的心中充满了悲哀。

Adam到那家宾馆查问了一下。服务台的人告诉他，那个叫Simon的人一直等到傍晚时分才离开。他留下了一个香港的地址，说他第二天中午十二点以前会等在那里。无论如何，Adam感到自己十分幸运，因为警察没有找到任何证据。他们终于接受了他的解释。"我只是一个普普通通的游客。"Adam始终如一地说。

不过，Adam再也没有见到过第一次审问他的那位警官了。这是两天以来他最大的疑问。在他被扣留下来之后，他的那间房子被腾给了那位警官。老板娘和她女儿那种恐慌的表情是Adam永远难以忘怀的。

胖子执行完第一次审问之后就接到了那份电报。他的整个精神一下子松弛下来，心中一阵惊喜。他急速朝楼上的房间跑去。"有什么好消息吗？"他的几位同事冲着他嚷嚷。

胖子满怀着惊喜，匆匆地整理好自己的行李。可是，在刚要离开空荡荡的房间时，他突然呆住了。接着，眼泪缓缓地从他迷茫的眼睛里流下来。他绝望地在椅子上坐下。

三个小时之后，胖子的新轿车在离渔村五十公里左右的地方与一辆运送煤气的大卡车相撞。

那个售货员发现有人注意她，或者更准确地说，是在注意她手上的那把玩具手枪，不好意思地把举平的手放下来。随后，再也没有什么东西打断 X 的步伐了。他来到胖子的妻子的病床前。"刚才他的一位同事来过，"胖子的妻子说，"他说办公室里还有很多他的东西。"

"让我帮忙搬回家去吗？" X 问。

"就是这样想的。"

"没问题。"

"还有，交通鉴定的结果也出来了。"

"怎么样？"

"就那样。当然，车是从我身后撞过来的。"

"想起来真是万幸。"

"但是我为什么总是那么埋怨他呢？！"胖子的妻子抽泣起来，她说，"他可没有那么幸运。"

当他们的谈话快要结束的时候，第三声枪响了。医院离射击的地点很远，X 自然不可能听到这枪声。随着枪声倒下的是一位年轻的国营工厂厂长。

枪声响过之后，Simon 拿起了他的电话筒。"怎么是你？"他极不耐烦地说。

"我不是故意的，真的。我记错了寄信的日期。"

"不想听你的解释。"

"遇到了什么麻烦吗？"

"你没有权利再过问这件事。"

"好吧。他呢?"

"……"

"我总可以问问他的情况吧!"

"他还在那里。也许去了内地。他对那里的女人很感兴趣,看过 Godard 的那部电影吗?"

"哪一部?"

走进爱丁堡的黄昏

年轻的哲学家在黄昏中走进了爱丁堡。他站在旅游中心前的广场上朝南边望去，爱丁堡的古城区令他激动不已。他深深地吸了一口气。年轻的哲学家从苏格兰高地的北部下来。在格拉斯哥和爱丁堡两个选择之间，他选择了爱丁堡。他决定将这座城市作为他苏格兰之行的最后一站。他决定在这座城市住一夜。这将是他在苏格兰度过的最后一个夜晚。年轻的哲学家之所以选择了爱丁堡而没有选择格拉斯哥，是因为爱丁堡早已经保存在他的记忆之中了。尽管他已经不记得第一次他是从哪一本书里读到的这座城市的名字，但是他清楚地记得那时候他还没有成年。他还没有成年。他对世界还没有任何成熟的判断，他还十分地好奇。他也隐隐约约地记得那本书在提到爱丁堡的时候提到过一座天文台。也许是天文台使年轻的哲学家记住了爱丁堡呢？直到今天，年轻的哲学家还坚信人与天空和大地是不应该分离的。死亡对人来说就是失去了天空和大地，失去了精神一直在追求着的永恒。生存注定要失去它所渴望和追求着的永恒。人类正是依赖这种代价来维持着它的繁衍。肯定是天文台使年轻的哲学家记住了爱丁堡。当他读到这座城市名字的时候，他的父母正在隔壁房间里严肃地交谈。他当时并没有特别在意那一次交谈。但是，他记住了那一次交谈。在他渐渐长大的过程中，他经常回忆起那一次交谈。也许是那一次交谈使年轻的哲学家记住了爱丁堡呢？也许是。当时他的父亲向他的母亲坦白说他爱上了自己的一个年轻学生。"你是不是想跟她生活在一起呢？"他的母亲冷冷地问。"怎么说呢？！其实——"他的父亲好像对未来没有什么把握。"那你跟她去生活好了。"他的母亲冷冷地说。"可是我不知道她爱不爱我。"他的父亲说。"你应该去问她，"他的母亲冷笑了一下，说，"就像你当年问我一样。""可是我已经没有那样的勇气了，"他的父亲说，"我再也不会有当年那样的勇气了。"

年轻的哲学家当时不知道"爱"是什么意思。他即使特别在意了那一次谈话或许也不会理解谈话到底意味着什么。年轻的哲学家至今也不清楚"爱"的意义。这个他十分熟悉的词至今令他十分困惑。当他不断回忆起那一次谈话，他对母亲冷漠的态度有了越来越深的体会。这种体会并不能澄清他对"爱"的困惑。不过，年轻的哲学家开始能够根据那一次谈话来判断他的父母了，他不再在乎他们表面上相安无事的虚伪生活。每次打量着他们，他总是回想起那一次谈话。终于，年轻的哲学家像海德格尔一样理解了距离和亲近之间的矛盾。他的父母生活得没有距离但是他们并不亲近。也许吧，也许就是那一次在他的生命中不断重现的谈话使年轻的哲学家永远记住了爱丁堡吧！

爱丁堡古城区那样的整齐扎实，令年轻的哲学家激动和感动。他决定在古城区内找一家旅馆过夜。那家旅馆房间的窗口最好正对着旅行手册上用较长篇幅介绍过的那条西起爱丁堡城堡并且一直往东绵延的老街，那条绵延着爱丁堡往事的老街。年轻的哲学家很想重温一下人类在古代（比如说公元十世纪或者稍晚一些的世纪里）窥探街景时的心情。他崇拜古人的生活。他知道人类在进化的路途中一天天侵吞着自己的天真，一天天腐蚀着自己的天赋。他幻想着一种往回走的生活，从现在出发，走过奢侈，走过革命，走过黑暗，走过拜占庭，走过奥古斯特，走过亚里士多德和亚历山大，走过苏格拉底，走过《论语》……一直走回森林，走回纯洁的天空和大地。即使我们不可能真实地经历一次这样的生活，年轻的哲学家想，我们至少应该用这种倒叙的手法来写作我们的历史。这可以让人类疲惫不堪的心灵在一个快乐的结尾中稍稍获得一点安慰。生命也许需要这种终极的安慰。

爱丁堡古城区在夕阳的环抱中显得十分的慷慨。年轻的哲学家请身旁一位穿着披风的姑娘帮他拍一张以古城区为背景的照片。年轻的哲学家激动地感到自己将在这座古城的逗留必有收获。也许这收获将是他一辈子都可以享用的财富。穿着披风的姑娘将相机还给他的时候邀请年轻的哲学家参加他们组织的"魔鬼旅游"。"为什么不呢？"她问。导游们将装扮成魔鬼，在夜幕降临之际，带领着游客们在爱丁堡城区的景点之间穿梭往返。年轻的哲学家微笑着回答说："你不是魔鬼。"事实上在他看来，我们每个人的生活也许都是由魔鬼引导的。死亡是魔鬼责任的完结。全人类的生活都是朝向死亡的。引导者熟悉通向死亡的每一条道路。不，你不是引导者！年轻的哲学家在心中又重复了一遍他刚才说过的话。那个穿着披风的姑娘双脚踮起来在原地转了一圈。她的披风在爱丁堡的黄昏中飘动起来。

年轻的哲学家像他关于爱丁堡的记忆所渴望的那样直接登上了卡尔顿山顶。旅行手册将在他的记忆中隐隐约约的那座天文台标志在那里。年轻的哲学家完全没有想到山顶上会那样地安静，安静得令他不安，令他颤栗。他也没有想到会有一排孤立却很雄伟的立柱会从山顶的东侧骄傲地扑入他的视野。他知道罗马人耗费了将近五个世纪的努力之后，终于没有能够征服苏格兰。苏格兰的风景羞辱了罗马人所向披靡的雄心。出现在他视野中的立柱显然是罗马人痛苦地留下的遗迹。事实上，罗马人在人类历史里的冒进从来就没有结束过。功利的婚姻和精致的谋杀始终活跃在人类的政治操作之中。暴君的侄儿或者养子不断在改变着历史的节奏。年轻的哲学家没有走近那一排立柱。他害怕自己会伸出手去抚摸那个永远不会结束的时代。他走近了他记忆中的天文台。他有点沮丧。他没有想到天文台看上去竟是这样的卑微，这样的没有气势。在那一排突如其来的立柱的威严之中，他记忆里的天文台好像是一个战战兢兢的盲人。也许人类真的可以无视天空和大地？年轻的哲学家这样想。他知道，在精心构织的阴谋得逞之后，天空和大地都将被鲜血染得通红。

年轻的哲学家在远离天文台的一块石头上坐下。他翻出一张明信片。他首先在地址栏里写下了他父亲的地址，然后在正文栏里写下："爸爸，我爱你。"刹那间，年轻的哲学家觉得自己多少有些懂得了这句话中唯一的那个动词的分量。他欣慰地笑了一下。这时候，他注意到不远的地方停放着的一辆汽车突然颤抖起来。年轻的哲学家抬起头隐隐约约望见车后排座位上浮现起的一个男人的背影。他这才意识到山顶上已经泛起了一层薄雾。他转过身去，再次面对着那一排孤立的立柱的时候，发现它已经被诡异的雾气包裹起来了，就好像每一根立柱后面果然都活跃着深思熟虑的阴谋。天色越来越暗了。年轻的哲学家站起来。他感到有零星的雨点滴落到他的脸上。他决定马上下山。当他经过那辆汽车的时候，他注意到车后排的那个男人和他刚才没有看到也不可能看到的一个女人已经坐起来了。他们隔着车窗玻璃很警觉地盯着他。

年轻的哲学家从卡尔顿山顶走下来，经过连接爱丁堡新老城区的大桥，一直走到古城区那条出名的老街上。他走过了沿街的那两家很气派的酒店。他沿着街道一直往东走。有更多的雨点滴落到他的脸上。街道上已经看不到行人。越来越浓的雾气也开始弥漫在街道之中。年轻的哲学家不急不慢地走着。他想如果找不到一个便宜的住处，他可以就这样一直在街道上走，走整整的一夜，如一个中世纪的幽灵。正在这个时候，年轻的哲学家听到了身后一阵阵越来越近的声音："Spare changes, Spare changes……"他停下来，转过身去。他看到一个衣着褴褛的中年人牵着一只狗朝他这个方向走过来。那只狗很脏但很彪悍。年轻的哲学家正在考虑是不是应该给中年人一些零花钱。那个中年人竟好像根本没有看到他似的从他身边走过去了。而那只狗在远远的地方停了下来，迷茫地打量着年轻的哲学家。从他身边走过之后，它还不时回过头来。"Spare changes, Spare changes……"那个衣着褴褛的中年人牵着他的狗，一点也没有放慢他的脚步。雾气缭绕的街道上飘荡着他越来越远的请求。

　　年轻的哲学家沿着那个衣着褴褛的中年人远去的方向继续往东走。他想起刚才在卡尔顿山顶上看到的景象。他想起那一排立柱，想起那一座天文台，想起那一张明信片，想起那一辆白色的汽车。突然间，他注意到那个衣着褴褛的中年人和他的狗已经不在他的前方了。年轻的哲学家有些泄气地停了下来。他估计，朝这个方向继续走下去也不可能找到合适的住处。他发现自己正站在一个小小的十字路口。他也许应该拐进一条小巷或者干脆往回走。他决定往回走。在他即将改变方向的一刹那,年轻的哲学家猛然想起了他远在东方的儿子。许多年以后,年轻的哲学家想,不知道那个懦弱的孩子会不会也能够像自己一样走进爱丁堡的黄昏。如果他有那样的兴致,他又会遇到一些什么样的面孔和声音呢?他会不会也给他写来一张明信片呢?他会不会在明信片上写上他爱他呢?……想到这些,年轻的哲学家感到了一阵惨痛的不安。长期以来,他总是对未来和进化充满了恐惧。他崇拜古人的生活,他对未来和进化充满了恐惧。年轻的哲学家不愿意自己在异乡遭受这种不安的折磨,他用力制止住自己突然的乡愁。

已经从那场噩梦中惊醒

直到四十九岁那一年，也就是离婚将近十九年之后，再婚的强烈愿望才突然出现在 X 的生命里。这"突然"起因于一位邻居的猝死。X 那天在电梯里听到邻居们关于猝死者最后那些年鳏夫生活的议论。他觉得他们就像是在议论他自己或者警告他自己。

走出电梯的时候，X 感觉天旋地转。他花了较长的时间才将钥匙插入锁孔，因为他的手在不停地颤抖。他没有马上往房间里面走，而是坐在了摆放在门边的那张餐椅上。他紧张地面对着自己习以为常的"家"，突然对生和死都充满了恐惧。再婚的强烈愿望伴随着这突发的双重恐惧油然而生。他强烈地感到，如果不马上再婚的话，邻居们下次用那充满同情的口气议论的就一定是他自己。

但是，X 生性优柔寡断。尤其是在面对着重大抉择的时候，他从来都没有自己的主意。再婚对一个已经离婚十九年的人当然是重大的抉择，X当然需要听取别人的意见。不过，这一次他的愿望已经强烈到了几近"瓜熟蒂落"的程度，他对别人意见的反应会与从前大不一样。他将不会接受对他有特殊影响力的那少数人的阻挠，也不会听任"少数服从多数"的民主原则的摆布。也就是说，这一次他并不是真想"听取"别人关于他是否应该再婚的意见。他想听到的只是对他的那种强烈愿望的认同。

　　X首先当然还是去听取他最好的朋友的意见。他们毕业于同一所大学，后来又曾经在同一家证券交易所工作。他们还曾经都被卷入了那起现在已经被当成"著名案例"的交易丑闻，而且最终又都因为卷入程度较轻、认错态度较好而被免予刑事处罚（对他们的处罚只是调离原来的岗位）。正是这一次共同的落难和幸免使他们成了心心相印的朋友。听取这位朋友的意见是X每次面临重大抉择时的必经之路。在再婚的问题上，他当然也强烈地希望得到这位朋友的理解和支持。这一次，他不想给想法总是很周全的朋友太多的时间，所以故意没有预约就直接去了朋友的办公室。他刚一坐下，就支支吾吾地谈起单身生活的苦闷。

　　他的朋友显然立刻就明白了他的来意。"你最近是不是受了什么刺激？"他用调侃的口气问。

　　X犹豫了一下，还是决定不提那位邻居在家里猝死的惨剧。他想给自己的朋友这样的印象：再婚的决定是他长期深思熟虑的结果，而不是出于一时的冲动。"将近十九年了……"他说，"我实在是受不了了。"他的口气听上去很惹人同情。

可是，他的朋友一点也没有表现出对他的同情。"以前从来没有听你抱怨过，"他不满地问，"怎么突然会有这单身的苦闷呢？"

"我也不知道，"X支支吾吾地说，"我真的受不了了。"

"你不是一直都有人作伴吗？！"他的朋友说，"你从来都没有单身过。"

"那无济于事，"X说，"甚至可能更糟。"

"这是什么意思？"他的朋友继续用不满的口气问。

"那些临时的关系让我更觉得生活飘忽不定。"X说。

"大家都非常羡慕你的自由。你来去自由。任何关系都不能束缚你，"他的朋友说，"这种自由自在的生活都受不了，还有什么能受得了？"

最好的朋友对自己再婚的强烈愿望持如此强烈的否定态度令X极为失望。他不知道他们之间的默契为什么会在这关键的时刻荡然无存。他不甘就此罢休。他真的突然感到了那双重的恐惧……他真的想过实实在在的生活。"我只是想在家里吃饭的时候有人坐在我的身边或者对面。"他有点冲动地说。

他的朋友狠狠地瞪了他一眼，然后用极为严肃的口气问："你难道还没有从那场噩梦中惊醒过来吗？"

朋友犀利的目光已经让 X 的信心丧失殆尽，而他粗暴的问题更是让他羞愧难当，无地自容。是啊，那场噩梦！那场十九年前的噩梦……他还能说什么呢？！他知道，在他的朋友看来，他的再婚将只不过是那场噩梦的延伸。

整整一个晚上的失眠之后，X 的情绪稳定下来。清早起来的时候，他已经淡忘了朋友的问题给他带来的羞愧，而他再婚愿望的强烈程度却并没有因为朋友的强烈反对而稍有降低。他决定去"听取"他母亲的意见。他对正面的结果很有把握。他记得刚从那场噩梦中惊醒的时候，他意志坚定的母亲曾经四处托人为他寻找新伴。她肯定只有再婚能够抚慰他受伤的灵魂。他记得那时候他们之间还为这个问题发生过多次激烈的争论。

X 的母亲中风已经两年多了。她的下肢至今仍然处于瘫痪状况。但是，她的头脑一直都非常清醒，意志也如以往一样坚定。X 在她的轮椅旁坐下。他刚开始抱怨自己的生活，她就知道了他的来意。她闭上了眼睛，好像根本就不愿意听他讲下去。她脸上那种不屑的表情更是让 X 不知所措。"又有谁在打你的主意吗？"她挖苦地问。

"不是因为别人，是我自己，" X 战战兢兢地说，"我想过实实在在的生活。"

他的母亲微微睁开眼睛，用鄙弃的目光斜视着从来没有让她感到过骄傲的儿子。"世界上就没有你想要的那种生活。"她肯定地说。

"我只是想自己的生活能有点人的气息。"X说。

"我不是人吗?!"他的母亲说,"你自己不是人吗?!"

"你知道我是什么意思,"X说,"我想身边能有一个可靠的人。"

"你太懦弱了,"他的母亲说,"在这一点上,你可是一点都不像你的父亲。"

X没有想到他母亲会突然将他与已经故世多年的父亲做比较。这种比较让他极为不安,"父亲"和"死亡"都让他极为不安。

"他从来没有信任过任何女人,"他的母亲继续说,"也没有需要过任何女人。"

母亲的这句话让X更加不安。他从来不知道也不在意他父母之间的关系。他现在也不想知道和在意。他不想让母亲转移话题。他提起了当年他们关于再婚问题的激烈争论。"我现在觉得你的看法非常……"他说。他想用恭维来软化甚至扭转母亲的态度。

"你不要再说了。"他的母亲打断了他的话,接着冷冷地提醒说:"想想那场噩梦吧。"

又是"那场噩梦"!这残酷的提醒令X极为沮丧。他绝望地紧握了母亲的手。

"我还以为你早已经从那场噩梦中惊醒了呢。"他的母亲最后说。她的口气显得很伤感。

X不知道为什么母亲现在也会将再婚看成是"那场噩梦"的延伸。这与她从前的态度完全相反。在回家的路上，他又一次感觉自己已经被世界抛弃。这是只有"那场噩梦"曾经给他带来过的感觉。但是，他不想放弃，他不会放弃。他马上开始在脑海里寻找下一个他应该去"听取"意见的人。他没有想到那个人会突然出现在他的面前。他是他中学时代的同学，他们理科提高班的班长。当知道这位自视极高的同学正在准备第四次婚姻的时候，X非常兴奋。他想听他谈谈对再婚的感受。可是他的同学根本就不想多谈。"大家都说只有你'醒明白了'，"他的同学说，"大家都很佩服你。""大家"的夸奖令X感觉极为尴尬。

接下来的一个星期，X没有去"听取"任何人的意见。他每天晚上都会失眠（他在床上翻来覆去的时候没有忘记嘲笑自己真是已经"醒明白了"），而所有的白天他都感觉十分疲倦。但是，再婚的愿望并没有受失眠和疲倦的影响，它还是强烈如初。他不想向反对的意见屈服。他决定打长途电话去"听取"他儿子的意见。他的儿子在广州的一家外资电脑公司当程序员。他性格倔强，处事果断，与X正好相反。而且他从小就非常独立，做任何决定都不喜欢征求别人的意见。"你为什么突然会有这种需要呢？"他冷静地问。

"都是因为那个邻居。"X说，他觉得有必要向儿子坦白自己所受的刺激。

"他怎么了?"他的儿子问。

"他坐在自己的沙发上,突然就死了,"X说,"他只比我大两岁。"

"人和人不一样。"他的儿子安慰他说。

"可我们一样,"X说,"他也是长期一个人生活。大家都说……"

"不要听大家乱说。"他的儿子打断了他的话。

"我很恐惧。"X绝望地说。

"恐惧什么?"他的儿子问。

"生和死都让我恐惧。"X说。

"慢慢就会好起来的,"他的儿子说,"这么多年都过来了。"

"我现在连睡觉都睡不踏实,"X绝望地说,"我真的很恐惧。"

他的儿子沉默下来。

"你将来肯定会理解我的这种恐惧的。"X继续绝望地说。

他的儿子重重地叹了一口气。"其实你更应该恐惧的是那场噩梦。"他说。

X完全没有想到这样的一句话会从他儿子的嘴里冒出来。"孩子,"X伤心地说,"你怎么可以说那是一场噩梦呢?!"他的声音十分虚弱。

"所有人都这么说,我怎么就不可以说?!"他的儿子说。

X稍稍控制了一下自己的情绪，然后才继续他虚弱的反抗。"没有它，怎么会有你呢?！"他伤心地说。

"我不在乎有没有我，"他的儿子说，"就像你们都不在乎一样。"说完，他挂断了电话。

X没有想到所有人会有如此一致的态度，并且都一致地提起了"那场噩梦"。接下来的当然又是一个失眠的夜晚。在夜深人静的时候，X一方面发誓要让强烈的愿望变成具体的事实，不能让任何反对的意见得逞；另一方面，他又为所有人的反对而沮丧和绝望。他觉得"那场噩梦"与他强烈愿望中的再婚没有必然联系，完全不应该成为他再婚的阻碍。更何况，他自己早已经从"那场噩梦"中惊醒。这十九年的单身生活就是充分的证明。他为那一致的反对而沮丧和绝望。

就在这时候，一个奇特的想法出现在他的头脑中。为什么不能干脆将计就计，勇敢地面对"那场噩梦"呢？是的，X想到了他的前妻。他们离婚已经十九年了。他们仍然住在同一座城市里。他已经有很多年没有见过她了，但是他知道她上班的地方，所以很容易找到她。是的，X决定去听取他前妻的意见。他肯定只有她不会用所有人都认为是她制造的"那场噩梦"来威胁他。

他在她办公楼前面的那个报刊亭的旁边躲了三天才等到走近她的机会。

第一天，她的确是准时下班的。不过，她与其他的五位同事在一起。他们说说笑笑从办公楼走出来,又在马路上走了一段,最后走进了银行旁边的那家非常热闹的湘菜馆。他没有走近她,主要不是因为有那些同事在场,而是因为他发现她完全变了:她变成了一位风韵十足的少妇。他不敢相信这生活的奇迹,也没有勇气去面对这生活的奇迹。他心里很不舒服。他觉得站在那位风韵十足的少妇面前自己会没有一点尊严。

第二天,他特意去剪了头发,而且换上了正式的服装。可是,他从下班前四十分钟开始盯着她办公楼的大门,一直盯了两个半小时,她也没有出现。这让他心里更不舒服。他不知道她是没有来上班还是仍然没有下班。他想努力制止住自己的想象,却又忍不住去想象。他忍不住去想象在他苦苦地等待着她出现的时候,她正在干什么或者她正跟谁在一起,在一起干什么。他觉得那些龌龊的想象同样让他自己没有一点尊严。

第三天,她刚走出办公楼的大门,他就迎了上去。她立刻就认出他来了。她站住了。她显得有点尴尬。"我们能不能谈谈。"他说。"我们还有什么好谈的。"她说。"不是谈我们,是我们谈谈,是我想跟你谈谈。"他说。他看着她尴尬地与从身边走过的两位同事打了一下招呼。"我真的没有时间,也没有兴趣。"她说。"我需要你的帮助。"他说。"我给不了你任何帮助。"她说。"我不是这个意思,"他说,"我什么都不需要。我只是想听取你的意见。"她看了一下表,一丝淡淡的不安出现在她的脸上。"我对什么都没有意见。"她说。

这时候,一个身材高大的男人从办公楼的大门里走了出来。"你怎么还在这里?"他吃惊地走近 X 的前妻,然后用不屑的眼光瞥了 X 一眼。

X 的前妻对那个男人笑了笑,却没有回答他的问题。

"坐我的车走吧。"那个男人说。

X 的前妻在他的小臂上拍了一下。"你先去车里等我。"她说。

那个男人又瞥了 X 一眼。"你一个人没有问题吗?"他大声问,就好像是在对 X 发出警告。

X 的前妻又拍了拍他的后背。"没有问题。"她说。

在那个男人刚走过来的时候,X 就已经对自己在那个失眠之夜的奇特想法后悔莫及了:他为什么会想到要来听取他前妻的意见?站在她的面前,面对着她那种与他自己毫无关联的风韵,他觉得没有一点尊严。他真的什么都不需要了。他非常的虚弱。他只想赶快离开。他没想到在这非常虚弱的时刻,他的前妻还会让他接受更严峻的考验。她将身体稍稍靠近了 X 一点,用低沉又严肃的声音问:"你难道还没有从那场噩梦中惊醒吗?"

这熟悉的问题由他的前妻提出来更是让 X 觉得如晴天霹雳。"你这是什么意思?!"他激动地说。

"我只是觉得你有点奇怪。"他的前妻说。

"难道你也觉得那是一场噩梦吗?"X 问。他知道在周围的人看来,他才是"那场噩梦"的受害者,而且是因为她,他才成了"那场噩梦"的受害者。

"当然了,"他的前妻说,"不过,我早已经从那场噩梦中惊醒了。"说完,她就转过身走开了。

X提醒自己不要朝前妻走开的方向张望。但是,他还是忍不住瞥见了她开门上车的样子。他觉得那其实毫无意义的细节是对他的再一次羞辱,是对他已经感觉不到尊严的生命的再一次剥夺。他充满了懊悔。他不仅懊悔自己居然来到已经完全陌生的前妻的面前,也懊悔还去听取了其他人的意见。他甚至懊悔自己对生和死的恐惧,懊悔自己因为那双重的恐惧而产生的对再婚的强烈愿望。他不知道生活为什么会突然变成这种样子:变得这样的不真实或者说变得这样的真实。

懊悔让X的身体和心理都极度虚弱。这极度的虚弱比他生性的懦弱更让他感觉痛苦。他不敢继续往前走了。他的脸上已经布满了虚汗。他需要靠在路边的那棵梧桐树上稍稍休息一下。他将身体轻轻地靠在梧桐树的主干上。他轻轻地闭着眼睛,慢慢地调整呼吸。不一会儿,他感觉到排汗的速度减缓下来了。他微微睁开一下眼睛。这时候,他注意到了梧桐树旁边的那个电话亭。他的身体激动了一下,萌发出向人倾诉的欲望。他马上想到的是他的儿子。但是,这种想法马上又让他非常恐慌。他不想重复他们的上一次通话。他不想再受"那场噩梦"的恐吓,不想再受"不在乎"的责备。

虚汗止住之后，X的感觉好多了。他向人倾诉的欲望变得比刚才还要强烈。他走进电话亭，靠在隔板上，拨通了他儿子的电话。他没有想到一听到他儿子的声音，自己会又恐慌起来。他有太多的话想对他说，又不知道应该从何说起：也许他首先应该替自己辩护，因为他从来没有"不在乎"过他……也许他首先应该祈求他的原谅，因为他有"不在乎"的感觉……也许他首先应该告诉他刚才他受到的伤害……也许他首先应该向他打听那个身材高大的男人是他母亲的上司还是下属？

他的儿子又极不耐烦地"喂"了两声，然后，极不耐烦地挂断了电话。

儿子的"极不耐烦"让X无法接受。他冲动地挂上话筒，冲动地取下话筒，冲动地按下了重拨键。可是还没等他的儿子接起电话，X又非常后悔了。他还是不知道应该从何说起。他自己恐慌地挂断了电话。

用较长的时间做了充分的思想准备之后X才再次按下重拨键。这一次，电话铃响了很久，X也没有听到反应。他不相信他儿子会不接他的电话。他耐心地等待着。他对了。电话被接起来了。但是，与第一次不同，这一次，电话那边没有传来任何声音。这出乎意料的情况打乱了X充分的思想准备。X需要重新准备他的开场白。他终于准备开口的时候，话筒里传来他儿子粗暴的骂声："你这骗子，你到底说不说话？！"

X被这骂声惊呆了。他甚至都没有去在意儿子再次挂断电话的粗暴。等到恢复过来之后,他马上就怀疑刚才发生的是他的幻觉。他对着自己手里的话筒冷笑了一下。"你这骗子。"他重复了一遍自己的幻觉。然后,他松开了话筒,重重地靠到了电话亭的隔板上。这时候,他好像听见了暴雨撞击地面的声音。他觉得自己比刚才更加虚弱了,他的脚已经支撑不住他的身体。这不是幻觉。他开始顺着电话亭的隔板一直慢慢滑下去,一直滑到了已经积满雨水的地上。他感觉自己的身体就像是一只被风暴打翻的小船。他想自己一直沉下去,一直沉到寂寞的河床上。X想自己永远都沉在那里……他不想再听见这世界上的噪音。他更不想让这世界再听到他自己。

出租车司机

出租车司机将车开进公司的停车场。他发现他的车位已经被人占用了。他没有去留心那辆车的车牌。他看到北面那一排有一个空位。他将车开过去,停好。出租车司机从车里面钻出来,他环顾了一下四周。然后,他走到车的尾部,把车的后盖打开,把那只装有一些零散东西的背包拿出来。接着,他又把车的后盖轻轻盖上。他轻轻说了一句什么,并且在车的后盖上轻轻拍了两下。然后,他抬起头来。有一滴雨正好滴落到他的脸上。

出租车司机平时遇到有人占用了他的车位,一定会清楚地记下那辆车的车牌。他会在下一次出车的时候,呼叫开那辆车的同事,"你他妈怎么回事?!"他会恶狠狠地骂。但是刚才出租车司机没有去留心那辆车的车牌。他走进值班室,将车钥匙交给正在值班的那个老头儿。老头儿胆怯地看了出租车司机一眼，马上又侧过脸去，好像怕出租车司机看到了他的表情。出租车司机迟疑了一下，然后用手轻轻拍了拍老头儿的肩膀。老头儿顿时激动起来。他用颤抖的声音说："她们真可怜啊。"

出租车司机好像没有听到老头儿说的话。他很平静地转身，走了出去。但是，老头儿大声叫住了他。他停下来。他回过头去。

老头儿从值班室的窗口探出头，大叫着说："经理让你星期四来办手续。"

"知道了。"出租车司机低声回答说，好像是在自言自语。

雨没有能够落下来。空气显得十分沉闷。出租车司机沿着贯穿整个城市的那条马路朝他住处的方向走。现在高峰期还没有过去，马路上的车还很多。不少的车都打开了远光灯，显得非常刺眼。

出租车司机横过两条马路，走进了全市最大的那家意大利薄饼店。刚才就是在这家薄饼店的门口，那个女人坐进了他的出租车。这时候，整个薄饼店里只有两个顾客。在这座热闹的城市里，意大利薄饼店总是冷冷清清的。这正是出租车司机此刻需要的环境。此刻他需要宁静。

出租车司机要了一个大号的可乐和一个他女儿最爱吃的那种海鲜口味的薄饼。在点要这种薄饼的时候，出租车司机的眼眶突然湿了。服务员提醒了三次，他才意识到自己还没有付钱。他匆匆忙忙把钱递过去，并且有点激动地说："对不起。"

出租车司机在靠窗边的一张桌子旁坐下。他的女儿有时候就坐在他的对面。她总是在薄饼刚送上来的时候急急忙忙去咬一口，烫得自己倒抽一口冷气。然后，她会翻动一下自己小小的眼睛，不好意思地笑一笑。从这个位置，出租车司机可以看到繁忙的街景，看到马路上川流不息的车队。这就是十五年来，他生活于其中的环境。他熟悉这样的环境。每天他都开着出租车在这繁忙的街景中穿梭。他习惯了这样的环境。可是几天前他突然对这环境感到隔膜了。他突然不习惯了。刚才他没有去留意占用了他的车位的那辆车的车牌。他对停车场的环境也感到隔膜了。出租车司机已经不需要去留心并且记下那辆车的车牌了，因为他不会再有下一次出车的安排。在他将车开进停车场之前，他已经送走了自己出租车司机生涯中的最后一批客人。整个黄昏，出租车司机一直都在担心马上就会下一场很大的雨。出租车的雨刮器坏了，如果遇上大雨，他就不得不提早结束这最后一天的工作。出租车司机不想提早结束这最后一天的工作。他也许还有点留恋他的职业，或者留恋陪伴了他这么多年的出租车？出租车司机如愿以偿：他担心的雨并没有落下来。只是在停车场里，在他向出租车告别之后的一刹那，有一滴雨正好滴落到了他的脸上。

出租车司机擦去眼眶中的泪水。他深深地吸了一口可乐。他好像又看见了那个表情沉重的女人。她坐进了出租车。他问她要去哪里。她要他一直往前开。出租车司机有点迷惑，他问那个女人到底要去哪里。她还是要他一直往前开。

出租车司机从后视镜里瞥了那个女人一眼。她的衣着很庄重，她的表情很沉重。她显然正在思考着什么事情。不一会，电话铃声响了。那个女人好像知道电话铃声会在那个时刻响起来。她很从容地从手提包里取出手提电话。她显然很不高兴电话铃声打断了她的思考。"是的，我已经知道了。"她对着手提电话说。出租车司机又从后视镜里瞥了她一眼。

"这有什么办法！"那个女人对着手提电话说。

出租车司机从这简单的回答里听出了她的伤感。

"也许只能这样。"那个女人对着手提电话说。

出租车司机注意到她将脸侧了过去，朝着窗外。

"我并不想这样。"那个女人对着手提电话说。

出租车司机有了一阵迷惘的好奇。他开始想象是一个什么样的人给他的乘客打来了这个让她伤感的电话。

"这不是你能够想象得出来的。"那个女人对着手提电话说。

是的，出租车司机想象不出来。他开始觉得那应该是一个男人。可是，他马上又觉得，那也完全可能是一个女人。最后他甚至想，那也许是一个孩子呢？这最后的想法让他的方向盘猛烈地晃动了一下。

"你完全错了。"那个女人对着手提电话说。

出租车司机想到了自己的女儿。一个星期以来，接听所有电话的时候，他都希望奇迹般地听到来自另外一个世界的童音。他不知道他的女儿还会不会给他打来电话，那个他绝望地想象着的电话。

"不会的。"那个女人对着手提电话说。

出租车司机迷惑不解地瞥了一眼后视镜。他注意到了那个女人很性感的头发。

"你不会明白的。"那个女人对着手提电话说。

出租车司机减慢了车速，他担心那个女人因为接听电话而错过了目的地。

"这是多余的担心。"那个女人对着手提电话说。

她果断的声音让出租车司机觉得非常难受。他很想打断她一下，问她到底要去哪里。

"我会告诉你的。"那个女人对着手提电话说。她显然有点厌倦了说话。她极不耐烦地向打来电话的人道别。然后，她很从容地将手提电话放回到手提包里。她看了一下手表，又看了一眼出租车上的钟。她的表情还是那样沉重。"过了前面的路口找一个地方停下来。"她冷冷地说。

出租车司机如释重负。他猛地加大油门，愤怒地超过了一直拦在前面的那辆货柜车。

出租车刚停稳，那个女人就递过来一张一百元的钞票。然后，她推开车门，下车走了。出租车司机大喊了几声，说还要找钱给她。可是，那个女人没有停下来。她很性感的头发让出

105

租车司机感到一阵罕见的孤独。

出租车司机本来把那个女人当成他的最后一批客人。几次从后视镜里打量她的时候,他都是这样想的。他想她就是他的最后一批客人。他很高兴自己出租车司机生涯中最后的客人用他只能听到一半的对话激起了他的想象和希望。可是,在他想叫住这最后的客人,将几乎与车费相当的钱找回给她的时候,另一对男女坐进了他的出租车。他们要去的地方正好离出租车公司的停车场不远。出租车司机犹豫了一下,但是他没有拒绝他们。

那一对男女很在意他们彼此之间的距离。出租车司机一开始就注意到了这一点。他还注意到了那个男人几次想开口说话,却都被那个女人冷漠的表情阻止。高峰期的交通非常混乱,有几个重要的路段都发生了交通事故。最严重的一起发生在市中心广场的西北角。出租车在那里被堵了很久。当它好不容易绕过了事故现场之后,那个男人终于冲破了那个女人冷漠的防线。"有时候,我会很留恋……"他含含糊糊地说。

"有时候?"女人生硬地说,"有什么好留恋的!"

女人的回应令男人激动起来。"真的,"他伤感地说,"一切都好像是假的。"

"真的怎么又好像是假的?!"女人的语气还是相当生硬。

马路还是非常堵塞,出租车的行进仍然相当艰难。出租车司机有了更多的悠闲。但是,他提醒自己不要总是去打量后视镜。他故意强迫自己去回想刚才的那个女人。他想那个打电话给她的人一定不是一个孩子，因为她的表情始终都那样沉重，她的语气始终都那样冷漠。这种想法让出租车司机有点气馁。一个星期以来，他一直在等待着来自另外一个世界的童音，那充满活力的童音。

后排的男人和女人仍然在艰难地进行着对话。男人的声音很纤细，女人的声音很生硬。

"我真的不懂为什么……"

"你从来都没有懂过。"

"其实……"

"其实就是这样，你永远也不会懂的。"

"难道就不能够再想一想别的办法了吗？"

"难道还能够再想什么别的办法吗？"

因为男人的声音很纤细，这场对话始终没有转变成争吵。这场对话也始终没有任何的进展，它总是被女人生硬的应答堵截在男人好不容易找到的起点。"你不要以为……"男人最后很激动地说，他显然还在试图推进这场无法推进的对话。

"我没有以为。"女人生硬地回应说，又一次截断了男人的表达。

出租车司机将挡位退到空挡上，脚尖轻轻地踩住了刹车。出租车在那一对男女说定的地点停稳。那个女人也递过来一张一百元的纸币。出租车司机回头找钱给她的时候，发现她的脸上布满了泪水。

出租车司机将一张纸巾递给他的女儿。"擦擦你的脸吧。"他不大耐烦地说。大多数时候,她就坐在他的对面。她的脸上沾满了意大利薄饼的配料。出租车司机一直是一个很粗心的人。他从来就不怎么在意女儿的表情,甚至也不怎么在意女儿的存在。同样,他也从来不怎么在意妻子的表情以及妻子的存在。他很粗心。他从来没有想象过她们会"不"存在。可是,她们刹那间就不存在了。这生活中突然出现的空白令出租车司机突然发现了与她们一起分享的过去。一个星期以来,他沉浸在极深的悲痛和极深的回忆之中。他的世界突然失去了最本质的声音,突然变得难以忍受地安静。而他的思绪却好像再也无法安静下来了。他整夜整夜地失眠。那些长期被他忽略的生活中的细节突然变得栩栩如生。它们不断地冲撞他的感觉。他甚至没有勇气再走进自己的家门了。他害怕没有家人的"家"。他害怕无情的空白和安静会窒息他对过去的回忆。出租车司机一个星期以来突然变成了一个极为细心的人,往昔在他的心中以无微不至的方式重演。

出租车司机知道自己的这种精神状态非常危险。他向公司递交了辞职报告。一个星期以来,他总是看到自己的女儿和妻子。她们邀请他回到他们共同的过去。从前那种他不怎么在意的生活一下子变得有声有色了。他用细腻的回忆体会她们的表情和存在。他不想放过生活中的任何一个细节。当然,他不愿意看到她们突然出现在出租车的前面。她们惊恐万状的神情会令出租车司机措手不及。他会重重地踩下刹车。可是，那肯定为时已晚。出租车司机会痛苦莫及。他痛苦莫及。他误以为自己就是那不可饶恕的肇事者。他陷入了深深的自责。直到又有货柜车出现在他的视野之中，出租车司机才会重新被事故的真相触怒，将自己从自责的漩涡中解救出来。他会愤怒地加大油门，从任何一辆货柜车旁边愤怒地超过去。那辆运送图书的货柜车从他的女儿和妻子身上碾过的时候，出租车司机正在去广州的路上。雇他跑长途的客人很慷慨，付给了他一个前所未有的好价钱。

出租车司机在紊乱的思绪中吃完了意大利薄饼。他觉得自己的吃相与女儿的非常相像。他的妻子总是在一旁开心地取笑他们。出租车司机吸干净最后一点可乐之后，将纸杯里的冰块掏出来，在桌面上摆成一排。这是他女儿很喜欢玩的游戏。他不忍心去打量那一排冰块。他轻轻地闭上了眼睛。尽管如此，他仍然看到了女儿纤弱的手指在桌面上移动。那是毫无意义的移动。那又是充满意义的移动。出租车司机将脸侧过去。他睁开眼睛，茫然地张望着窗外繁忙的街景。这熟悉的街景突然变得如此陌生了，陌生得令他心酸。他过去十五年夜以继日的穿梭竟然没有在这街景中留下任何的痕迹。

出租车司机清楚地知道自己不可能在如此陌生的城市里继续生活下去。他决定回到家乡去，去守护和陪伴他年迈的父亲和母亲。他相信只有在他们的身旁自己亢奋的思绪才可能安静下来。他离开他们已经十五年了。他的重现对他们来说也许更像是他的死而复生。他很高兴自己能够给他们带来那种奇迹般的享受。他甚至幻想十五年之后，他的女儿和妻子也会这样奇迹般地回到他的身边来。他决定回到自己的家乡去。他希望在那里能够找回他生活的意义和他需要的宁静。

最后的那两批客人给了出租车司机一点信心。他惊喜地发现自己对生活仍然还有一点好奇。他的听觉被极度的悲伤磨损了，却并没有失去最基本的功能。他还能够听到别人的声音，他还在好奇别人的声音。是的，他其实也听到了公司值班室的老头儿激动地说出来的那句话。他说："她们真可怜啊。"当时，出租车司机的身体颤抖了一下。但是，他没有做出任何反应。他很平静地转身，走出了值班室，好像没有听到老头儿揪心的叹惜。他害怕听到。他害怕他自己。他已经决定要告别自己熟悉的生活了。他要拒绝同情的挽留。星期四办完手续，他就不再是出租车司机了。他决定回到自己的家乡去，去守护和陪伴他年迈的父亲和母亲。

出租车司机将脸从陌生的街景上移开。前方不远处坐着的一对母女好像并没有引起他的注意。他盯着眼前的桌面。他发现刚才的那一排冰块已经全部溶化了。他动情地抚摸着溶化在桌面上的冰水，好像是在抚摸缥缈的过去。突然，他的指尖碰到了他女儿的指尖。他立刻听到了她清脆的笑声。接着，他还听到了他妻子的提问,她问她为什么笑得那样开心。他们的女儿没有回答。她用娇嫩的指尖顶住了他的指尖,好像在邀请他跟她玩那个熟悉的游戏。他接受了她的邀请,也用指尖顶住了她的指尖。她的指尖被他的顶着在冰水中慢慢地后退,一直退到了桌面的边沿。在最后的一刹那,出租车司机突然有大难临头的感觉。他想猛地抓住他女儿的小手,那活泼和淘气的小手。但是,他没有能够抓住。

出租车司机知道这是他最后的机会。他没有抓住。他也知道这是他与他女儿在这座城市的最后一次相遇和最后一次相处。他永远也不会再接触到这块桌面了。他永远也不会再回到这座城市里来了。对这座他突然感到陌生的城市来说,他已经随着他的女儿和妻子一起离去和消失了。这种"一起"的离去和消失让出租车司机感到了一阵他从来没有感到过的宁静,纯洁无比的宁静。这提前出现的神圣感觉使出租车司机激动得放声大哭起来。

"深圳的阴谋"

我曾经想象过我们又住在了同一座城市，但是彼此并不知道。我甚至想象过我们在这座城市的大街上擦肩而过，可是却已经不再能够辨认出曾经与自己共同生活过的对方。我们就像是陌生人。我们可能从来就是陌生人。是的，我不相信重逢会引起我们任何一方感情的波动。尽管我仍然模模糊糊地记得我们的过去，记得我们曾经的共同生活，我对他肯定已经没有任何感觉和兴趣了。我不会去计较他究竟生活在哪里，他过着什么生活，他跟谁在一起生活以及他生活得怎么样等等。他就好像是一块我曾经路过的墓碑：它的一面记载着一些冰冷的事实（姓名、籍贯以及生死的年份），而另一面则是光滑或者粗糙的空白，比事实更加冰冷的空白。遗忘是对时间的羞辱。我感激这种羞辱，它让我免受困惑的折磨。

总的说来，遗忘就是我生活的基础。我的确想象过我们又住在了同一座城市。但是，这种想象毫无激情：我知道我绝不是因为他，他也绝不是为了我，才住进了这座城市。也就是说，这种想象中的"同一"其实没有任何共同之处。这是遗忘之中偶尔浮现出来的想象。它不会给我的身心带来任何的影响。它有点像是一场很小的感冒，可以（而且应该）无为而治。

让我突然变得焦躁不安的是，这偶尔的想象居然变成了沉重的现实。两个月前的一天，在去上班的班车上，我无意中从前排座位上的同事正在阅读的报纸上瞥见了一篇关于他的新作的报道。我向前凑了一点。我对他的新作就像对他本人一样没有兴趣：哪怕他又有了更多的新作，哪怕他的新作突然给他带来了巨大的利益和名声，哪怕我们过去的共同生活扑朔迷离地出现在他的新作之中，这与我又有什么关系呢？我向前凑了一点是想看清楚文章里的一个小标题。从那个小标题可以很容易地推断出他现在也生活在我生活的这座城市里。我从来没有想象过我们会被这样的一篇文章或者说这样的一次巧遇拉近。我毫无准备。我没有想到他能够再一次进入我的世界。我憎恶沾染着他的气息的现实，因为那是龌龊的气息又是龌龊的现实，它总是同时让我遭受双重的折磨：恐惧和羞愧。我羞愧龌龊的气息已经污染过我的生命。我恐惧龌龊的现实将会骚扰我苦苦追寻到的平静。我甚至深深地责备自己那偶尔的想象。我怀疑是我的想象导致了他的出现，尽管我们之间从来没有过值得留恋的默契。

将近一个月的焦躁不安。在这一个月之中，我仍然过着多年一贯的生活，从表面上看，生活的节奏并没有被打乱。可是，我感觉到了来自内心深处的压力。我精心构筑的遗忘的长城似乎已经被恐惧和羞愧攻破。"他"又开始频繁进出。我好像又回到了他突然说要与我分开，也马上就与我分开了的时候。当然，那时候我更需要忍受的是困惑和痛苦，而现在我需要对付的则是厌倦和焦躁。我能感觉到焦躁已经像毒瘤一样在身体内部发育完成了。接下来，它的毒素将向记忆所及的每一个角落里扩散。我又有了那种无处藏身的绝望。如果我不能够及时有效地制止这种焦躁不安，我的生命将再一次受到威胁。巨大的痛苦有可能会再一次肆无忌惮地践踏我，就像我们的"共同生活"突然结束的时候一样。我不想第二次被同一条龌龊的河流淹没。

我很清楚，制止这种焦躁不安的唯一办法就是找到他：与他通话或者与他见面。不管是哪一种情况，我相信，已经流逝的时间一定会施展它的魔法。它会很精明地再现我们之间不可调和的隔膜、误解和冲突。这隔膜、误解和冲突的根源其实远远地存在于我们的本性之中。它没有能够阻止我们的"共同生活"让我感到羞耻。我一点也不理解自己为什么会与一个这样的人有过"共同生活"。我相信，对那种"共同生活"的憎恶是一剂良药，它将杀灭那些正在迅速扩散的毒素，最后将焦躁不安从我的生命里清除出去。

我认真计划了一下自己行动。这行动主要分三个部分：首先是如何找到他，然后是如何安排与他的通话或者见面，最后是如何让时间显灵，揭露他的龌龊。在当天的日记里，我给这个计划取了一个露骨的名字，我将它命名为"深圳的阴谋"。

不幸的是，我的计划一开始就遇到了阻力。我好不容易打通了那篇报道所在版面编辑的电话。可是当知道我的来意后，她的态度立刻变得非常生硬。"你为什么想要联系他呢？"她冷冷地问。

我犹豫了一下，说："其实我就是喜欢他的作品。"

"喜欢他的作品就喜欢他的作品，"她冷冷地说，"为什么还一定要联系他本人呢！"说着，她将电话挂断了。

我有点气恼自己不够老练。稍稍设想了一下接下来可能发生的对话之后，我再一次拨通了电话。

接电话的还是刚才的那位编辑。"怎么还是你？！"她不耐烦地说。这与我的设想完全一致。

"我刚才忘了告诉你，我们是在一个大院里长大的，"我老练地说，"我们有很多年没有见过面了。"

那位编辑好像是喝了几口水。"你等一下。"她还是冷冷地说。

等了将近三分钟，话筒里才传来一个男人的声音。他没有告诉我他的身份。他只是要求我留下自己的名字和电话。"我们会将这些信息转给他,"他说,"既然你们是从前的朋友……他会很快与你联系的。"

我不可能留下自己的名字和电话。我是"深圳的阴谋"的制造者。我必须尽可能隐藏自己的标记和位置,这是最起码的常识。正因为这样,我只会使用公用电话与外界联系。我告诉了对方我早已想好的一个化名。我想这没有问题,因为我要找的人不可能记得他小时候住过的那个大院里的所有同龄人的名字。然后,我故意用很卑微的口气说:"我刚到这里,家里还没有装电话。"

"留下单位的电话也行。"那个男人有点不耐烦地说。

"我暂时也还没有找到工作。"我说。

对方沉默了一阵之后,让我明天再打电话过去,他冷冷地说他可以试着帮我去找一下,看是否能够找到我需要的电话。我不知道这是不是敷衍。我不知道他是否已经识破了我的谎言。

接下来的那个晚上我没有睡好。我几次被极深的羞愧惊醒。我为那种没有给我带来任何尊严的"共同生活"而羞愧。最后一次惊醒之后,我想起了我们的第一次通话。当时,那是带给我的一种惊喜。"你怎么会知道我的号码呢?"我激动地问。

"我当然知道了!"他得意地回答说。

在我们"共同生活"的那几年里,我也经常回忆起那一次令我惊喜的通话。他所说的"当然"是什么意思，我至今也不理解。但是，这"当然"给了我一种错觉。它让我觉得他的出现是命中注定的。他就这样"当然"地得到了我。我们就这样开始了令我感到羞愧的"共同生活"。

第二天，我再一次拨通了报社的电话。这一次我听到的直接就是昨天后来接电话的那个男人的声音。他的答复令我大失所望。他告诉我他没有找到我想要的电话。

"我觉得你们这是故意刁难。"我愤怒地说。

那个男人好像早就预料到了我的这种反应。他心平气和地告诉我他们其实有"另外一位先生"的电话。"他应该能够找到他。"他说。

我马上开始拨打那个号码。可是，连续打了整整三天，话筒里传来的始终都是忙音，白天晚上都是忙音。我绝望地暂停了两天。等我再次拨打的时候，电话终于通了。可是，我马上意识到这根本就不是进展，因为电话始终都没有人接。整整三天都没有人接。白天晚上都没有人接。

第四天凌晨，我在矇矇眬眬的睡意之中走进楼下的公用电话亭，又拨通了那个电话。我一边听着话筒里传出的长音，一边打着瞌睡。我完全没想到几声长音之后电话的那一头会传来"人"的声音。我激动地贴紧话筒听完了那录音的提示。

仍然是要我留下名字和电话。

我气急败坏地将电话挂断。我有点泄气了。"深圳的阴谋"

好像又退回到了起点。我好像无法迈出任何实质性的一步。我好像根本就不能将计划向前推进。

又躺倒到床上之后，我突然想为什么前几天电话接通了，却没有录音电话的声音。这录音的功能显然是刚刚才启用的，好像是专门为我才启用的。这给"深圳的阴谋"增加了悬念。这时候，我隐隐约约意识到有另外的一个阴谋正在与我作对。我原来一直以为自己正精明地躲在暗处。其实也许从第一次接通报社电话起，也就是从"深圳的阴谋"的最开始，我可能就已经暴露在明处！这不祥的感觉让我稍稍犹豫了一下：我是不是还应该继续推进？

犹豫没有能够阻止我。那像毒素一样扩散的焦躁不安是我的头号敌人。为了彻底清除毒素，我必须坚持下去。我必须找到他，并且借助由时间提炼出来的反感将他从我的记忆和现实中永远驱逐出去。

接近中午的时候，在多次挂断了电话之后，我终于在对方的录音带上留下了自己的声音。我说我非常需要找到他，但是因为我家里还没有安装电话，只好由我自己来主动与他联系。我希望录音电话的主人星期五晚上（我给了他差不多两天的时间）九点整在家等我的电话或者在录音电话里给我留下他的联系方式。

星期五晚上九点整的电话的确有人接了。这其实是我不敢奢望的结果。在我说明了自己的"身份"之后，接电话的人冷冷地告诉我我想找的人"两个月以前"就已经搬走了。线索的又一次中断令我又一次气急败坏。这时候，我已经确信存在着另外的一个阴谋，正在与"深圳的阴谋"作对，或者也可以说现在存在着两个"深圳的阴谋"。报社里接电话的那个男人和现在接电话的这个男人的声音都很做作。我觉得他们彼此熟悉，并且在互相配合，就像是同谋。可他们的目的是什么？是想阻止我与他的相见，还是想让我与他的相见出现与我所期望的正好相反的结果？我不可能容忍他对我的遗忘的骚扰，更不可能与他重返"共同生活"。这另一个阴谋的存在反而坚定了我推进"深圳的阴谋"的决心。我一定要找到他！我一定能找到他。我要将他永远逐出我的现实和记忆。"请告诉我怎样才能够找到他。"我几乎是哀求着说。

"对不起，他两个月以前就已经搬走了。"接电话的人冷冷地重复了他刚说过的话之后就将电话挂断了。

我怒不可遏地按下了重拨键。有点出乎我的意料的是，对方并没有回避我，而是很快就重新拿起了话筒。"你一定知道怎样才能够找到他，"我怒不可遏地对着话筒大声喊叫，"你一定知道，你一定知道。"喊着喊着，我竟失声痛哭起来。

对方没有放下话筒，也没有打断我的哭声。他好像是在倾听我的绝望，他好像是在纵容我的发作。他耐心地等我平静下来。"你为什么一定要找到他？"他冷冷地问。

对方冷漠的态度对我是一种提醒。我必须控制住自己的情绪，才能够保持清醒的头脑。头脑清醒对"深圳的阴谋"极为重要，因为它每一个步骤都很容易出错，而每一次出错都有可能导致整个计划的失败。"他是这个世界上唯一理解我的人。很多年以前，在我很颓废的时候，他曾经给过我很多的鼓励……"我充满感情地说。

我憎恶自己往这谎言中倾注的感情。他是这个世界上唯一一点都不理解我的人。让我至今依然有点颓废的恰好就是他。而且他在我们的"共同生活"中从来没有对我说过一句带鼓励色彩的话，他对我说的都是让我泄气的话。

我充满感情的谎言并没有打动电话那边的人。"我真的帮不了你。"他冷冷地说着，又一次挂断了电话。

这时候，我完全失去了方向。我趴在电话机上，不知道下一步应该怎么做。宁静的月光照射在电话亭的一侧，让我有更加迷茫和凄凉的感觉。我抬起头来，正好看见一辆白色的奔驰车在我前面不远的地方停了下来。一个女人先下了车，接着驾车的男人也走了出来。女人一动不动地站在她那一侧的车门的旁边。男人走到她的身旁，对她说了一些什么。女人毫无反应。男人突然激动起来，用自己的头在车顶上狠狠地砸了一下。女人仍然毫无反应。

这时候，我模模糊糊地想起了他第一次进入我身体时的感觉。我有点紧张，我有点疼，但是我还是陷入了一阵粗浅的快乐。我紧紧地抱住他，听任自己的身体陷下去，就好像我们的床单下是一片沼泽。我当时想，我的生命就这样属于他了，完完全全地属于他了。这种归属感在我这一方一直是支撑我们的"共同生活"的根基。所以，尽管他一点也不理解我，尽管他从来没有鼓励过我，我却从来没有怀疑过我们的"共同生活"。所以，当他突然提出要结束那种生活的时候，我好像是触到了晴天霹雳。"我觉得还没有到这个程度吧。"我有点冲动地说。"那是你觉得。"他冷漠地回应说。我们很快就办好了所有的手续。我很快就离开了我们曾经"共同生活"的那座城市。

突然的电话铃声打断了我的回忆。这是我第一次听见公用电话的铃声。我好奇地拿起话筒。没有想到，那竟是找我的电话。说话的还是刚才的那个男人。他说他找到了另外一个人的电话号码，他说那个人一定可以帮助我找到要找的人。

他带来的这个信息一点也没有让我兴奋。刚才的回忆使我对自己眼下的计划失去了兴趣。有很长一段时间，我一直都在试图寻找他突然要离开我的理由。我猜想那理由一定非常奇特，非常精细。它很可能仅仅就是一个词、一种气味、一个眼神或者一次犹豫……但是，不断流逝的时间让我最终放弃了这种努力。我与我们的"共同生活"已经相距了那么长的时间了，那理由还有什么价值？我应该信任我对他的遗忘。我应该专注于遗忘。

没有听到我的反应，那个男人着急了。"你还需要这个号码吗？"他急切地问。

我说我不需要了。我说我已经没有什么兴趣了。

我完全没有想到自己的冷淡会让对方那样恐慌。我们的位置好像突然颠倒了一样。他急切地说了一大通好话，说我如何如何不容易，说那个人如何如何热心……他好像很怕我会突然挂断电话。他几乎是哀求着让我留下了那个号码。他几乎是哀求着让我明天下午三点钟给那个热心人电话。他说他一定能够帮我找到要找的人。

我的确是已经失去了兴趣，因此接下来的这个晚上睡得很沉。这是我自从那天在报纸上看到关于他的报道以来睡的最沉的一次（或者唯一睡得沉的一次？）。我已经不再担心自己是否已经完全暴露。我甚至觉得"深圳的阴谋"是我的过激反应，是我因为怕自己第二次在同一处受伤而做出的过激反应。我突然就觉得这一切都毫无必要。我突然就对他也生活在这同一座城市里变得无所谓了。我相信这龌龊的事实与我没有关系。

第二天我起得很晚。起来之后，我首先向单位请了一天的病假。然后，我去看了一场电影，又在电影院小餐馆里随便吃了一点东西。回到家里，我又感觉到了沉沉的睡意，就好像自己正在倒时差一样。我马上又在床上躺下了，但是却睡得并不沉。我不到两点钟就醒来了。醒来之后，我一直呆呆地望着天花板。三点钟的时候，我的闹钟响了。这让我有点奇怪。我不记得我设了闹钟。当然，我知道我为什么会设闹钟。我坐起来。这时候我突然想，既然我已经毫不在乎了，何必还去公用电话亭呢?!我的电话就摆放在床边。我冷漠地拿起话筒,按下了昨天那个人坚持要留下的那个电话号码。

电话很快就被人接起了。也是一个男人。"你的朋友一定要我给你打这个电话。"我解释说。

"他不是我的朋友,"对方用极为冷漠的口气说,"而且一开始是你……"

我不想再去纠缠这些毫无意义的细节。我打断了他的话。"他说你能找到我想找的人。"我也用冷冷的口气说。

对方沉默了很久之后,仍然是用极为冷漠的口气说:"我知道你会在家里打这个电话。"

我觉得这个人实在是太荒唐了。"我自己都不知道,"我不屑地说,"你会怎么知道?!"

"我当然知道了!"对方说,口气还是极为冷漠。

我非常反感他的这种说法和他的这种口气。我不想与他做这种毫无意义的交谈。我不想与一个与我毫无关系的人纠缠。"你到底知不知道他在哪里?"我不耐烦地问。

对方又不说话了。我突然觉得四周一片寂静。我甚至能够从话筒里听到对方不停地咽下唾液的声音。

"你到底知不知道他在哪里?"我对着话筒吼叫说。我真的已经完全没有耐心了。

对方又很吃力地咽下了唾液。"我——"他接着用疲惫的声音说,"我就在你的门口。"

天啊，我完全没有听出来……我完全听不出来了……他的声音已经完全被时间歪曲。这时间的魔力令我颤栗起来。我紧张地把电话挂断。这时候，我才完全明白过来。作为"深圳的阴谋"的制造者，我自己最后却成为了这个阴谋的受害者。我的心情和身体都变得越来越沉重。我机械地朝门口走去。我感到了时间正在开始艰苦地倒流，流向令我羞愧的过去。这种感觉使我的行走极为吃力。我知道，我要花费十二年的时间才能够走到我的门口……我终于走到了我的门口。我的眼睛死死地盯着我的门锁。我的手吃力地伸过去。我知道它这是在伸向那令我羞愧的过去。我模模糊糊地看见，它几乎就要触到冰冷的门锁了。我的手。我自己的手。它几乎就（也许应该说是"又"）要触到过去的"共同生活"了……突然，我的手迅速地缩了回来。它紧紧地捂住了我颤抖的嘴唇和我酸楚的鼻孔。

两个人的车站

我们在黄昏的时候经常会有一种不祥的感觉。这种不祥的感觉是由白昼的疲劳,黑夜的恐怖以及这黄昏本身的空虚一起转化而来的。我们在这种不祥的感觉之中一定会疯狂地盼望着电话铃声,盼望着来自彼岸的声音。一阵哪怕是漫无目的的对话都可能会有帮助,帮助我们度过这一天之中最艰难的时刻。

可是我拿起话筒之后,只听到了简短的两个字。那是虚弱和惨白的声音,它完全不可能缓解我的那种不祥的感觉。我没有做出任何反应。我当然可以问:是你吗?或者,你是谁?这是两种对立的反应。第一种反应意味着我不仅认可了你,而且你的出现也正好是我的期待;而第二种反应意味着我对你的抵触:也许你拨打的只是一个错误的号码,也许我与你已经被生活隔开……听得出,当你说出"是我"的时候,你在试图呈现色彩斑斓的过去，你在期待我的第一种反应，你在期待我对你温情的期待。但是，我怎么什么也感觉不到啊？！我完全感觉不到那应该是充满激情的所指。原谅我！原谅我！我不想用第二种反应冒犯你。原谅我没有做出任何反应。

我的沉默显然还是冒犯了你。你变得有点焦躁不安。"你忘记了吗？"你冲动地说，"你忘记了两个人的车站吗？"

我的身体颤抖了一下，接着是我的记忆……那好像是一部电影，一部关于相遇的电影，好像还是一部喜剧？！

"你忘记了，"你激动地说，"那不仅是一部电影，那还是一个隐喻。"说完，你挂断了电话。

一个隐喻？我的身体又颤抖了一下，接着是我的记忆……那是一个关于什么的隐喻？

巴　黎

我的确记得这位年轻的中国人约了他童年时代的邻居在巴黎北站的问讯处前见面。他提早十分钟到达。现在，离他们约定的时间已经过去二十五分钟了，他童年时代的邻居还是没有出现。这位年轻的中国人早就知道他这位从前的邻居也住在巴黎，但是他一直没有与他见面的冲动。事实上，他们差不多有二十年没有见过面了。这位年轻的中国人昨天晚上突然提出想与他见面。他想与这位在索尔邦攻读语言学博士学位的从前的邻居讨论一下自己目前的处境。这位年轻的中国人最近十五年以来一直狂热地坚持用中文从事小说创作。可是，从去年冬天开始，他对自己所使用的语言能否用来创作小说产生了怀疑。他现在极为苦闷。他昨天在电话里对从前的邻居说："一种动词没有时态变化的语言怎么能够用来创作小说呢？它只能用来写教义或者做动员。"他从前的邻居附和了他的观点。他还比较了一下法语。他特别恭维法语中未完成过去时的叙述才能。他甚至说，如果故事是河流的话，时间正好是引导河流的岸。而如果动词不能够展现时间的魅力，故事就会变成腐水。这种说法令这位年轻的中国人非常兴奋。于是，他约他第二天在巴黎北站的问讯处前见面。

等待使这位年轻的中国人不安。他从少年时代起就开始在等待，等待着自己在小说创作上能够有一番惊天动地的成就。他对故事的迷恋使他常常分不清楚生活和故事哪一个更加真实。他觉得他的故事也有生命，也会呼吸，也有喜悦，也有迷惘，甚至也会死亡。他的故事就好像是他的旅伴，而创作出来的作品正好是他与他的故事相遇的车站。他不清楚这种旅行的终点会在哪里。可是现在，他对母语的怀疑使他怀疑自己永远也不可能出现在那个也许正在等待着他辉煌的终点。如果这真是他的命运，他会觉得自己的生命像其他人的生命一样毫无意义。

让这位年轻的中国人非常奇怪的是，自从他对辉煌的终点失去信心以来，他在记忆中对起点的访问却越来越频繁。他经常在记忆中重读他的处女作。那是一个寓言：一个外星人因为听说在地球上获得权力的主要途径是语言和武器（他还听说在地球上流行着一个隐喻：语言本身就是一种武器），便在自己头部的后面也打开了一个口。这样，他就有了两张嘴，可以同时讲不同的话。比如在同一个时刻，他可以用一张嘴来展望未来，用另一张嘴来谈论现实，或者用一张嘴宣扬民主，而用另一张嘴强调法治。他还为自己特制了两支功能繁杂的手枪，使得自己的两只手的本领都很过硬。他就这样满怀信心地飞向了地球，他相信自己很快就会获取至高无上的权力。可是，还没有完全着陆，他就已经陷入了困境。他发现自己懂得的所有语言地球上的人都不懂，而地球上的所有语言他自己又都不懂。强行着陆之后，新的问题马上就暴露了出来：他的手枪在设计的时候因为没有考虑到重力的影响，不要说每只手握一支，就是用两只手一起抬也抬不起一支。这个外星人因此无法在地球上获取他所期待的权力。地球上的人开始对他还不错，定时给他提供食物。可是他的两张嘴虽然能够同时说不同的话，却要同时争着吃同一口饭。每次它们都争得不可开交。为了平息嘴巴们的争斗，这个外星人最后干脆拒绝进食。极度的饥饿将他折磨得死去活来。终于，在一个月光妩媚的夜晚，他重新开动了他的飞船。地球上的人以为他这一定是要回家去了。没有想到，飞船升空不到两分钟就发生了爆炸。一个巨大的红球在空中停留了很久。地球上所有看见了这奇迹的人从此都获得了说两种自相矛盾的话的特殊才能。

这位年轻的中国人不会忘记第一个嘲弄他写作才能的人正好就是他的父亲。他的父亲在读完他的这篇处女作之后就断言自己的儿子在文学上将一事无成。这位年轻的中国人对父亲的嘲弄一点也不在乎，因为他从七岁开始就已经瞧不起他的父亲了。他觉得他的父亲在任何方面都一事无成。后来，他的作品又经常受到评论家和读者们的嘲弄。这位年轻的中国人也一点都不在乎。文学史的证据摆在那里：那些为后世所推崇的小说有几部没有忍受过当时的嘲弄呢？但是，自从去年冬天以来，这位年轻的中国人开始怀疑起自己的母语来了，这种怀疑让他对自己的创作充满了困惑。他整天都沉浸在郁郁寡欢的情绪之中。

忧郁使这位年轻的中国人焦虑不安。于是，他想与他童年时代的邻居谈谈。其实，与他谈论语言的问题还只是一个堂皇的借口。他更想的也许是从遥远的记忆中寻找安全感。他觉得对语言的怀疑正威胁着他自己的理智。他好像听见了疯狂在朝他走来。

但是，在巴黎熙熙攘攘的北站等了一个小时之后，他从前的邻居还是没有出现。这位年轻的中国人将对方的失约当成是一个象征。他没有继续等待下去。他离开的时候觉得自己比那个外星人离开地球的时候还要绝望。

晚上，这位年轻的中国人接到了他童年时代的邻居打来的电话。他向他解释了失约的原因。最后他还说，要谈的问题昨天在电话里也谈得差不多了，因此，没有见上面也没有什么遗憾。这位年轻的中国人绝望地回答说："是的。"

北　京

我没有忘记这位意大利传教士在走进北京的时候已经穿上了儒服。他走进北京就是走进了他的向往。或者说他也就是走进了自己的彼岸，因为他将永远也不会从这里离开。他记住了这一天，这是一六〇一年一月二十四日。三个半月以前，他已经满四十八岁了。而现在距离他离开欧洲的日子也已经将近二十三年了。他从里斯本上船开始他朝向彼岸的旅程。当他走进北京的时候，他知道，尽管他的生命还将延续一段时间，他却已经光荣地抵达了自己生命的终点。

庞大帝国的皇帝已经在焦急地等待着他的到来。也许他是在焦急地等待着他奇异的贡品吧。这位意大利传教士向皇帝献上了一尊天主像、一尊圣母像、一部圣经以及两座自鸣钟和一份世界地图。还在准备这些贡品的时候，他就知道，皇帝不可能马上对前三样东西发生兴趣。关于这一点，他估计对了。但是，他错误地以为皇帝马上会对世界地图发生兴趣，就像那些欧洲的皇帝一样。在这份地图上，他已经小心翼翼地将本初子午线的投影位置移动，使中国处在了世界的中心。他以为这样可以令皇帝的虚荣心得到极大的满足，从而多少激起他对中心之外的其他区域的好奇。这一次，他错了：皇帝满足的微笑来自自鸣钟那均匀的摆动以及报时的时候从自鸣钟的内部发出的清脆的响声。这位意大利传教士让这个庞大帝国的皇帝第一次如此清晰地见识了时间。那均匀的摆动和清脆的响声令他立刻想到了自己最宠爱的妃子。他想，原来她对他的诱惑就是时间对他的诱惑。时间是这个世界上唯一让这个至高无上的人感到不安的力量。这个对征服已经没有什么野心了的皇帝将小自鸣钟摆放在自己的茶几上。他还计划在御花园中为大自鸣钟专修一座钟楼。这个计划起初遭到了这位意大利传教士的强烈反对，因为他觉得那过于奢侈。但是，他不可能阻止计划的实施。在完工之后很久，这位意大利传教士才知道，建钟楼的费用是他后来在朝廷中领到的相当不错的月薪的一百五十倍。他觉得那实在是过于奢侈了。

总之，这位意大利传教士就像他带来的自鸣钟一样，在北京住了下来。他的住所距离他将来的坟墓只有五公里。而他走进北京的这一天距离他离开世界的日子也只剩下九年零三个月了。他就在这样的时空范围中活动，在那些对他怀着极为复杂的心情的士大夫们的住所和心灵中进进出出。他已经不怎么记得他的故乡了。他寄回教会的报告让他的许多同事都怀疑他的立场。也许欧洲对于这位站在彼岸的人来说已经精简为一套几何学的公理了。他为一批最基本的数学概念找到了汉语的名称，同时又使孔子的思想获得了拉丁文的形式。他并不觉得汉语损害了数学的精确，他也不觉得拉丁文复杂的变格损害了东方智慧的魅力。

尽管遭到许多同事的怀疑，这位意大利传教士并没有怀疑自己的命运。他知道他已经光荣地抵达了自己的终点。这个终点是不是北京也许并不重要。他有时候甚至怀疑自己是不是生活在这个庞大帝国的中心。与这个帝国在地图上的位置不同，这个中心是他不能够移动的。事实上，他生活在自己的使命之中，或者是生活在一种强烈的热爱之中。对天主的热爱因为他在九岁那年就实现了的一次约会——他生命之中最重要的约会而萌发。这是他与天主的第一次约会。那一年，耶稣会开始在他的故乡马切拉塔城开办学校。这个九岁的孩子成了最早入学的学生。这所学校成为了这位意大利传教士与他热爱的天主相遇的车站。他的人生之旅就这样开始了。这是朝向起点的旅行。事实上，这位再也没有离开过北京的意大利传教士一直也就没有离开过欧洲。他的终点原来就是他的起点。他的生命就宛如一座不断回到起点的行星。

在巴黎北站因为对方的失约而极度沮丧的那位年轻的中国

人在这位意大利传教士死去三百八十年之后的一个黄昏曾经去拜谒过他位于北京西城的墓地。他在那简陋的墓地旁坐了整整四十分钟。有一个问题始终在他的脑海中翻腾。他想,那座自鸣钟也许还在御花园里继续它的循环吧。他想,时间的这种循环模糊了过去和现在的界限。他想,时间是生者与死者相遇的车站。

这种相遇有时候会用暴力的方式来完成。在发源于北京(伟大祖国的政治文化中心)的文化大革命之中,这一片简陋的墓地曾经多次被愤怒的群众践踏甚至捣毁。那位年轻的中国人的父亲当时正好是他现在的这个年龄。他记得他曾经很骄傲地向他谈起过自己参与的那一次毁墓的经历。他最后还很激动地说:"宗教是麻醉人民的鸦片。"

伦 敦

我不会忘记这位英国老人曾经在客人面前流下了眼泪。她说她在霍尔本地铁站的出口见到了一幅广告——一本书的广告。广告上出现的书作者的照片让过去的五十年变成了一个瞬间。她毫不费力地就认出她来了。她是她当年在伦敦政治经济学院的同学。她记得她首次出现在学院走廊上的时候,所有的眼睛都惊呆了。她是魅力的象征。她的容貌、气质和思想都散发着无穷的魅力。她成了所有人的偶像。可是，就在第二学期快要结束的时候，她突然中断了学习。她说她要回国去，因为她的国家正在遭受战争的蹂躏。没有人能够将她的典雅与战争的龌龊联系在一起。可是，她真的离开了。接着传来的全是她的噩耗，那些时间和地点互相矛盾的噩耗。

这位五十年前就已经死去的东方美人在伦敦的重现令这位英国老人非常激动。这激动之中甚至夹杂着一阵羞涩，因为这五十年来，她对她一直充满了思念。这是难以平息的思念。这位英国老人已经感觉不到地铁站的嘈杂了。她甚至已经感觉不到地铁站的存在了。她甚至都感觉不到自己的存在了。她面对着广告上的照片。这凌驾于时间之上的面对！突然，这位英国老人意识到了她们最后的那一次分手——五十年前的那一次分手几乎就发生在她现在所处的同一个位置。她激动得流下了眼泪。这位五十年前就已经死去的东方美人又回到了伦敦！这座嘈杂的城市突然弥漫着一九三七年的语音和气味。

这位英国老人一直都没有结婚。她一直对这位东方美人充满了难以平息的思念。她在思念中与她频繁地相遇。她不断虚构她死亡的方式，然后又虚构她的起死回生，虚构她扑朔迷离的生活。她思念的这位东方美人以生和死这两种状态在她的思念中存在。这两种状态之间完全没有时间上的逻辑联系。她可以死于一九三八年，但是，到了一九四五年，她又生下了一个与她长得一模一样的女儿。这位英国老人一直都在享受或者遭受着虚构的自由。她曾经想象她回国途中在印度停留时染上了当地的流行病，最后在船上就死去了。她的尸体被抛葬在印度洋中。她又曾经想象她回国后参加了红十字会的救援队。在一次围剿土肥原师团的战役中，救援队的部分人员与部队失去了联系，反而被日军围困在黄河岸边的一个小村庄里。被俘人员遭受了几天残暴的折磨之后，被活埋在小村庄北边的河堤旁。她也曾经想象战争结束之后她领着女儿在上海的外滩散步。她叫她的女儿不要跑得太远了。"你会走丢的，我会找不到你的。"她温情地说。这位英国老人又听到了这位东方美人柔和的声音。她们就这样在虚构中相遇。

现在，这漫长的五十年终于变成了一本书，一本全世界都在阅读的书。书的作者就像她自己一样，已经是满头白发的老人了。可是，这位英国老人一眼就认出了她。她有一天深夜梦见一颗子弹击中了她的胸部，鲜血染红了她白色的旗袍。这位英国老人放声大哭，惊恐地坐了起来。她不知道为什么在能够捧读到这个东方美人的生活并且知道她现在依然还活着之后，自己还是不能够停止对她的虚构。那是充满激情和狂热的虚构。这位英国老人非常同情她在书中描写的痛苦。真的，她真的在上海失去了自己的女儿，那是在许多年之后，在红色恐怖之中。可是，这位英国老人又觉得书中所发生的那一切都非常地遥远，非常非常地遥远。她无法与她朝思暮想的这位东方美人在五十年的真实的生活中相遇。她只能够在虚构中与她相遇。

这一天，这位英国老人的日记中留下了她对时间的思考。她说时间没有意义。她说重现是对思念的回报（或者也是对虚构的回报）。她又说这位东方美人的重现让她见证了生活之中的奇迹。

生活中的另一个奇迹要过三个月才会出现。这本全世界都在阅读的书的作者将回到她在伦敦的母校来举办一次关于六十年代中国社会生活的演讲。这位英国老人提前订好了演讲的门票。可是，在演讲之后的第二天，这位英国老人被她的清洁工发现死在了书桌旁边的沙发上。鉴定的结果断定她死于演讲前的那天晚上。这位英国老人离开世界的姿势非常安详。她的腿上摆放着这位东方美人五十年的经历，听演讲的门票就夹在那本风靡世界的自传作品里。这位英国老人在当天的日记中又一次写道，她只能够在虚构中与她思念着的这位东方美人相遇。这一次，她用的是虚拟语气。

东　京

我仍然记得这位日本少女在上海经历了她一生中最惊心动魄的五个月。她刚刚回到东京就听到了上海被日本军队占领的消息。她现在似乎知道了她的父母突然离开上海的原因。她拒绝拉开自己房间的窗帘。她不愿意东京的街景冲淡了她的伤感。她每天都在流泪,每天都在等待。她等着从上海寄来的一封信。她肯定,那封信将让她继续她的激情之旅。她觉得一切都好像才刚刚开始。

这一切其实是从她的一篇小说开始的。这位日本少女随父母在上海住了一个月以后,就感觉有点无聊。于是,她开始想象和写作。她首先想象一个男人,然后想象一个女人,然后想象这两个人在东京一个不存在的地铁车站里相遇。那个男人不小心碰了那个女人一下。他向她说对不起。那个女人漫不经心地抬起头。当她的目光与那个男人的目光相遇的时候,她感到了一阵难以压抑的欲望。于是,她开始与他交谈。她想要了解那一阵欲望的起因。或者更准确地说,她是想要了解那个男人的过去和现在,也许还有他的将来……这位日本少女不想让自己那种无聊的感觉重现,就故意让想象反复交叉,不断延伸。比如有一天她写到那个女人感觉那个男人根本就不可能满足她最深的渴望,终于决定要离开他。这本来就可以是故事的终点,但是她接着的一段却又将那个女人写了回来。在半夜里,她冲动地敲开了房门。她说她只有一个要求,就是要那个男人再打量一次她的身体。她迅速脱去自己的衣服,躺在了床上,轻轻地闭着眼睛。那个男人打量着她。她的呼吸变得越来越急促。她说她能够感觉到那个男人目光的温度。那种充满困惑的目光在她的身体上滑动着，最后停留在她的乳沟深处。这时候，那个女人竟嚎啕大哭起来。她一把抱住那个男人，说她再也不会离开他了。就这样，故事又重新开始了。这位日本少女将她从其他言情小说上读到过的细节与她能够想象出来的细节纠缠在一起。她发现她的故事其实可以不断地编织下去。她觉得这种虚构有极其旺盛的生命力，非常神奇。生活中的无聊渐渐就被她淡忘了。

但是她的母亲不希望她整天耽于幻想，生活上毫无长进。她希望她能够实实在在地学一点东西，比如美术。于是，她给她请来了一位中年的美术教师。当这位教师出现在她面前的时候，这位日本少女大吃一惊。因为他跟她一直在写作的那篇小说中的那个男人竟然长得一模一样。她因为惊奇而浑身颤抖。她不知道怎么可能会发生这样的巧合：这种跨越真实和虚构的巧合。她一点也不喜欢自己小说里的女主人公，她也不是非常欣赏那个男人和那个女人之间扭曲的爱情，但是为什么这位美术教师竟然与小说中的那个男人如此相像？对这巧合的好奇立刻变成了一种强烈的诱惑。于是，在继续激情地虚构故事的同时，她开始非常理智地引诱有点腼腆的美术教师。但是，现实和虚构的平衡迅速就被打破了：这位日本少女很快就发现自己的小说已经完全不可能再写下去了，因为她在虚构的时候已经感觉不到激情的冲撞，而她的引诱很快就不再接受理智的掌控。她每天都急不可待地等待着美术教师的到来，又对他的离去依依不舍。虽然她一点也不喜欢自己小说里的女主人公,她还是越来越强烈地相信自己与美术教师的确曾经相遇,而且就在她已经写不下去的那篇小说里。东京那个不存在的地铁车站里没有任何其他的人。他们等了很久也没有来车。于是,他们互相微笑了一下,彼此打听对方的情况……他们突然意识到等待中的那辆列车其实永远也不会到来。他们等待的其实是他们自己的喷发。他们在站台上躺下了。这位日本少女感觉自己就是美术教师的画布。他的笔触冲动又坚硬。在她的身体快要被欲望的洪水浸没的时候,她听见他低声对她说:"你看,这是世界上最美的构图。"

她的母亲好像发现了女儿的"长进"。她突然中止了她的美术课,并且突然决定带她返回东京去。但是,这位日本少女在离开上海的前一天,还是巧妙地安排了一次与美术教师的短暂见面。她想在离开之前将自己引诱他的起因(她说是他们"相遇"的起因)告诉他。

"这真是不可思议。"她的美术教师在他们分手的时候说。

这位日本少女激情地盯着他性感的嘴唇。"很多人把生活变成小说,"她说,"而我却把小说变成了生活。"

"也许我是一个死人。"

"也许我们都是。"

这位日本少女在回国的轮船上一直没有停止对那种构图的回味。"你看,这是世界上最美的构图。"美术教师每次都这样谈论他们激情的结合。他的声音总是那样地恬静温柔，与他冲动坚硬的笔触形成强烈的对比。这位日本少女相信这种不可思议的情感之旅不会因为他们被迫的分离而中断，不管这分离的原因是战争还是她母亲的担心。她还没有抵达或者接近终点的感觉。她还想继续。

可是，她收到的第一封来自上海的信却给了她已经抵达终点的感觉。她知道，五个多月以来令她惊心动魄的那一切突然就结束了。

美术教师在信中写道："上海沦陷了。我的激情也沦陷了。这两种沦陷之间没有任何联系，可是它们却差不多同时发生……时间为什么会能够同时容下两种如此不同的灾难？！谢谢你让我知道了我们'相遇'的起因。它让我有受骗的感觉。好了，就让这一切都结束吧。这样，你可以继续你的虚构，而我……我也许应该投身到真实的战争之中去。"

这位日本少女的眼泪浸湿了她手里的信纸和她的上衣。

关于两个人的车站，我有许多混乱的记忆……它到底是不是一个隐喻？如果是的话，它又到底是关于什么的隐喻？

这时候，电话铃声又响了。我知道它来自你。

"你知道我为什么会给你电话吗？"你冷冷地问道。

你是说刚才还是现在？

"刚才。"你说。

我真的不知道。我甚至连你是谁都不知道。

"你真的忘记了两个人的车站吗?!"你说。

在我的记忆中,的确有许许多多无法辨认来历的碎片,它们或许都曾经是属于两个人的车站。时间在不断地拆毁那些车站,时间在践踏那些没有关联的碎片……但是真的,我真的不知道你为什么给我打来了那样的电话。还有,你是谁?

"我给你电话是因为我以为你还记得那突然下起的小雨……还有那一堆冒烟的枯树叶……那两头疲倦的水牛,其中一头的背上还有一块很大的伤疤……又像是黄昏,又像是清晨……我以为你还记得你说那完全是十六世纪的景观。你说,你能够令时间倒流。你说你向往从前的生活……我以为你还记得你说你能够再现往日的一切,包括茫然、热爱、思念以及沦陷。你这样说过的啊……我以为你还记得。"

你不要哭。我好像有点想起来了。你不要哭。

"我以为你还记得突然响起了一阵枪声。一大群人惊恐万状地跑了过去……我以为你还记得没过多久,义愤填膺的群众扛着三具尸体走了回来。他们高喊着复仇的口号……那一切都令我终生难忘。"

我有点想起来了。

"我以为你还记得你说生活是最真实的赝品。你说过的啊。"

这是什么意思?我说过这样的话吗?

"是你说的啊,你说生活是最真实的赝品。"

我说过这样的话吗？你是谁？

"你怎么什么都不记得了?！"你愤怒地说。说完，又愤怒地挂断了电话。

这时候，我才注意到天色已经完全黑了下来。这时候，我觉得这一天之中最艰难的时刻仍然没有过去。

我们知道在这个世界上，我们每一个人都占有另一个人或者被另一个人占有。这另一个人让我们看到自己又看不到自己，让我们亢奋又压抑，让我们清醒又糊涂，让我们喜悦又悲伤，让我们为自己骄傲又因自己而懊恼，让我们爱又让我们恨，让我们充满了希望又让我们绝望……但是我们真的能够看到、听到、闻到、触到或者真的能够占有这另一个人吗？或者我们真的只能够虚构？或者我们连虚构的才能都已经退化？或者正在慢慢地退化？

无关紧要的东西

后来，X经常跟我谈起她青春期的忧伤。她说她对人生不怀敬意，那忧伤就是根源。X谈起那些事情的时候，表情安详，语气平和。听得出来，她关于那些事情的看法是深思熟虑的结果。她对她人生的遗憾因为她表情的安详和语气的平和更能深深地打动我。

而她的忧伤又根源于她的美貌，X这样认为。她青春期的姿色完全能够令一切试图去描述它的语言黯然失色，这从她现在依然光彩照人的容貌不难推想。X说，不可思议的美貌既使她获得了过多的关注，又使她失去了最起码的信任。这种矛盾在她的青春期发展到了最为剧烈的程度。那时候，她已经强烈地意识到她得到的关注只是她生活的外衣。她想将它撕掉，但是却撕不掉，因为她的生活完全得不到别人的信任，没有最基本的安全感。她好像只能够披着那件单薄的外衣生活在人与人之间的隔膜和冷漠之中。

首先,她的父母就不信任她。他们很快就不再因她的美貌而陶醉。他们不信任她的智力。他们不信任她的前途。在她还很小的时候,他们就为她安排了一系列特殊的训练。他们想使她获得一些能够为他人(她未来的丈夫)所赏识的美德和才能。他们总是对她说像她这样美貌的女子应该懂得这些那些,懂得如何如何。

后来,她的小学老师也不信任她。那位戴着深度近视眼镜的老师将美貌和欺骗画上等号。在她看来,长得漂亮的女孩子都是不诚实的。有一次,班上的三个男生在课间打赌,看谁能够摸到班上最漂亮的女生的胸脯。两个男生下完赌注之后就一起朝X猛冲过来。X反应敏捷,往旁边一闪,躲开了他们。那两个摔倒在地的男生都说自己摸到了X的胸脯,都说对方没有摸到。他们趴在地上争论不休。这时候,另外的那个男生战战兢兢地走到了X的跟前。但是他突然傻笑起来,不敢发动进攻。X将三个男生痛骂了一通。三个男生并不气馁。他们在随后的自习课上向全班同学宣布了X的"来历"。他们说,X是她母亲拉屎的时候拉出来的,X其实是屎变的。备受委屈的X哭着冲出教室,去办公室向老师报告了那三个男生的劣迹。她的老师却用极为不屑的眼光看着她,根本就不相信那几个男生会那么做和那么说。她甚至责问X,她的胸脯有什么特别,为什么那些男同学打赌去摸它。X哭着说她不知道。"这就对了,"

她的老师用不屑的口气说，"不要以为自己长得漂亮，别人就会对你感兴趣。你才十岁呢，今后说话一定要诚实。"

其实一开始，X对她在儿童和少年时代所受的挫折并没有太深的感受。她只是在经历了她青春期的忧伤之后，才将父母对她的特殊教育和老师对她的偏见联系起来，才知道自己的经历在更早的时候就已经开始。青春期的忧伤是信任与关注相矛盾的产物，是一种毫不留情的寂寞。所有人都在注意她，可是没有人爱她。更重要的是，她爱上的人都不爱她或者不敢爱她。X为此极为沮丧。有一段时间，这种沮丧变成了一种粗暴的激情。它吞没了她对生活最后的一点点善意。直到经历完了她平庸的婚姻，X才最后变得心平气和起来。后来，她经常跟我谈起她青春期的忧伤。她表情安详，语气平和。她说她爱过的那些男人都是因为她的美貌而拒绝了她的爱。

X爱上的第一个男人是她高中时代的数学老师。她非常喜欢上他的课。她认真上他的每一节课。当然，令她着迷的并不是每一节课的内容，而是数学老师在课堂上的表现。每一节数学课对X来说都好像是一部戏剧，老师的讲解和走动则好像是一种表演。X觉得老师的每一次表演都赏心悦目。有一次，X为一道解析几何的难题在课后请教老师。老师趴在讲台上为她认真演算。夕阳投落在老师的身上。X目不转睛地盯着老师的颈部。她欣赏着他颈部肌肉细腻的运动，获得了一阵从未有过的快感。她发现自己竟激动得眼眶都湿润了……老师的身影在她的视线里渐渐模糊起来。她要努力地屏住呼吸，才能够压抑住自己的情绪。那一天，数学老师没有很快解答出那道难题。他说他要回家去想一想。在他把习题集交还给X的时候，X担心自己的异常表情被他发现……但是，他好像没有发现。还有一次，X在马路上遇见了数学老师，他正领着他的妻子和女儿在散步。X开始有点紧张，后来又有点气愤。紧张的时候，她想避开他们一家人。气愤之后，她决定迎面走过去。她跟数学老师打了一声招呼。数学老师很客气地对她点了点头。随后的三天，X都没有去学校。她大病了一场。等她回到学校的时候，所有的老师都询问了她的病情，对她表示了特别的关心，只有数学老师没有任何表示。X觉得他对她和她的感情都毫无感觉。但是，她并不气馁。她仍然非常喜欢上他的每一节课，仍然非常喜欢欣赏他在讲台上的每一次表演。毕业典礼之后一星期，X终于有机会单独与数学老师坐在一起。她向他坦白了自己对他的好感。数学老师的反应完全出乎X的意料：他竟然抱头痛哭起来。X不知所措，不知道应该怎样去安慰令自己着迷的老师。她正在非常着急的时候，数学老师开始说话了。他说起了那一道解析几何的难题，又说起了那一次在马路上的遇见。他说他早就知道了。他说他全都知道。数学老师的话让X有点兴奋又有点失落。既然他"全都知道"，为什么却从来没有任何反应呢？她靠近数学老师的身体，将右手轻轻搭在他的肩膀上。"我不敢呵……"数学老师说。"为什么？"X问。她说她不要求他为她做什么,她只是想他能够分享她美好的感觉。"很久以前,"数学老师说,"很久以前……""发生了什么事?"X关切地问,"很久以前怎么了?""很久以前……"数学老师似乎想说出什么,但最后还是放弃了。他拍了拍X扶着他肩膀的手,嘟噜着说:"你太漂亮了,你知道吗?你让我想起过去。我恐惧我的过去。"说完,他又痛哭起来。

X一辈子都在分析数学老师的这句话。她为数学老师设想过数不清的过去。她仍然不知道她的美貌跟数学老师的过去有什么关联。她想她永远也不会知道。但是,从这一次迷茫的经验中,她知道了爱的秘密:爱本身就是一道解不开的解析几何难题。

后来,X经常跟我谈起她青春期的忧伤。她爱上的第二个人是她大学时代的同学。他学业优秀,但是性情孤僻。她总是想尽一切办法让他注意自己。在教室里,在图书馆里,甚至在食堂里,她都想办法去跟他接近。她发现他并没有特别反感她或者故意回避她的接近。这令X十分欣慰。有一天,她终于鼓足勇气给这位同学写了一张字条。她说她想与他成为特别意义上的朋友。那张字条很快就被退了回来。在X的那一段文字底下,出现了另一行用铅笔写下的潦草的英文字:这怎么可能呢?!

这轻率的拒绝令X气急败坏。她将她的同学约到图书馆后面的草坪上。"怎么就不可能呢?"她态度生硬地问。

"当然不可能了,"她的同学说,"你这么漂亮……"

"但我真的是喜欢上你了。"X争辩说。她说最近两年以来,她对他产生了特别的感觉。跟他在一起的时候,她觉得愉快、充实。想他,他又不在的时候,她会觉得孤独、空虚。这就是证明。X最后说:"我真的是喜欢上你了。"

可是,她的同学仍然坚持说这不可能。他告诉X她是男生们议论最多的女生。全班的男生都不敢有非分之想,因为他们相信"名花"其实已经"有主"。他们有时候会去猜测那是一个什么样的人物。他们猜测他的家庭、他的学业、他的才能以及他的形象等等。其实,X就像一面会变魔术的镜子,他们这样认为,所有人站在她的面前都会自惭形秽。因此,他们很佩服那位"已经"成为X男朋友的同性的勇气。

"我没有男朋友,"X冷静地说,"我想你成为我的男朋友。"

"这怎么可能呢?!"她的同学说。

"我相信你会喜欢上我的。"X说。

"这不可能,"她的同学肯定地说,"因为你让我感到恐惧。"

"恐惧什么?"X问。

"你的现在,"她的同学说,"因为你不可能让我相信你属于我。"他接着说,如果接受了X,他就会永远生活在这种恐惧之中。

X当时愤怒地想,只有她自己才知道她的"现在"是什么样子。她愤怒她出众的美貌为她在别人的心里预先设置了一种另外的"现在",一种她从没有生活于其中的"现在"。她其实多么盼望着自己能够生活在那样的"现在"之中呵。在那里,她是一个出类拔萃的人,她因为这充满虚荣的归属而超越了孤独……X愤怒自己的美貌使她永远成为了别人缺乏自信的想象。她知道别人对她的想象本身其实就已经是一种拒绝。她忧伤地站在路灯底下,看着自己两年来一直深深地爱慕着的人冷漠地消失在远处的微风之中。

后来,X经常跟我谈起她青春期的忧伤。她说她的第二次失败令她不得不反省自己的趣味。从前她总是对学理工的人感兴趣。这可能就是问题的症结。到了应该抵制注重实际的陋习的时候了!她开始对没有浪漫情调的男人嗤之以鼻。她开始幻想自己爱上了一个艺术家或者至少是一个有艺术家气质的人。不久,这样的一个人果然出现了。他们的相遇本身就很浪漫:有一天,他们分别去看同一场电影,而那场电影只有他们两个观众,他们在出场的时候看了对方一眼。三天以后,他们又在公共图书馆的电梯里相遇,他们都同时认出了对方。站在图书馆门口的简短交谈已经使X对这个人有了好感。随后的几次接触更是强化了X的感觉。她觉得,这个人集中了她前两次爱过的人的优点。而他又是真正的艺术家。他的诗作充满了古典主义的气息。其中一些已经出现在全国那两家最有影响的刊物上。X对文学本来没有特别的喜好,她对他的那些诗作并不是十分理解。但是他稍加解释之后,X马上就从中感受到了他惊人的才情和超常的智慧。终于有一天，X坦诚地向他公开了爱慕之情。年轻的艺术家情绪激动地盯着X。突然，他将她一把抱起，在草坪上旋转起来。从此，X开始了新的生活。她每天都处在从未有过的幸福感之中。她开始淡忘了美貌给自己带来过的痛苦。但是，两个多月过去之后，这种从未有过的幸福感遭遇到了一种奇特的疑惑。X突然发现，年轻的艺术家从来都没有说过他爱她。她不知道这是为什么。有一次，她趁着一种非常轻松的气氛，向艺术家提出了她的问题。年轻的艺术家几乎是不假思索地说："没有一个动词可以表达我对你的感情。"这种解释让X马上就有如释重负的感觉。可是第二天，她又觉得这句话非常费解。她不知道年轻的艺术家到底想表达什么意思。又过了一段时间，这句话又让她感觉有点兴奋。可是那之后很快她又觉得有点迷茫了。这句话就这样不断在X的思想里翻转。她最初体会到的那种从未有过的幸福感终于因为这种不断的翻转而渐渐消失了。

他们相处大概一年之后，年轻的艺术家突然告诉X，他马上就要离开这个国家。他说他想去欧洲流浪。

"这太突然了！"X说，"你舍得我吗？"

年轻的艺术家说他选择离开在很大程度上其实就是因为X。他说他一直没有把握自己是否应该跟她生活在一起。他说她给他带来了一种漂浮不定的感觉。他说他的决定并不突然。

"为什么会有那种感觉呢？"X不安地问。

就像她从前爱过的人一样，年轻的艺术家也提到了X的美貌。他说她的美貌令他极为不安。

"为什么会这样？"X几乎是绝望地问。她预感到她的美貌将再一次使她失去已经够到的幸福，失去与世界的亲近。"你说过，美是你灵感的源泉和动力啊。"她提醒说。

年轻的艺术家说正因为这样他才会感到极度的不安。

"为什么？"X绝望地问。

年轻的艺术家说他担心这源泉和动力的丧失。

"不会的，不会的，"X捧起年轻的艺术家的脸说，"你看，我不是还很美吗？真正的美是不会丧失的。"

年轻的艺术家将X的手掰开，让自己的头痛苦地低垂下去。他说他恐惧的是未来。他说在他的心中，美是一种崇高的荣誉。可是，他知道时间会令一切荣誉荡然无存。"未来太可怕了！"年轻的艺术家说。他说他恐惧美的毁灭，那必将到来的毁灭。

在这一次失败之后，X对生活已经毫无兴趣了。她回忆着自己的三次失败：一次是因为莫名其妙的过去，一次是因为根本不存在的现在，一次是因为还远远没有到来的未来，她好像永远失去了时间的青睐。她不知道自己究竟还有什么可能的选择。她不知道自己怎样才能躲避失败的纠缠。

后来，X经常跟我谈起她青春期的忧伤。在二十五岁那一年，她终于跟一个她一点也不喜欢的人结了婚。她一开始就觉得那个人完全配不上她。她的婚姻好像是为离婚准备的。她在十二年以后离婚。离婚后，孩子归她抚养。她的孩子一点也不漂亮，但是生活却一帆风顺：在美国加州伯克利大学获得博士学位之后，她很快在纽约找到了工作，并且很快有了一个称心如意的家庭。X很少与别人谈论起她的女儿，因为她认为她女儿的顺利正好对应了她自己的挫折。她不愿意用这种简单的逻辑折磨自己的情绪。

但是，X经常跟我谈起她青春期的忧伤。她的婚姻似乎也应该算是这种忧伤中的一个部分。X说她之所以终于接受求婚者的求婚是因为他说了他爱她。那是X一生当中第一次听到别人对她说这个经典的句子。遗憾的是，这句话出自一个她不爱的人之口。在X看来，这正好见证了人生的荒诞。她让自己沦为了语言的奴隶。其实当她意识到不论过去、现在，还是未来，她的美貌都可以激起深不可测的恐惧的时候，X就已经知道她的生活只可能等待语言的裁决。她给自己下了一道赌注，只要谁第一个说出他爱她，哪怕他是魔鬼，她也要嫁给他。X用她对这句话的激情去腐蚀自己对求婚者的苛求。但是，她的确一点也不满意她的求婚者。在去登记结婚的路上，她与她的求婚者分别走在马路的两边。她一边走一边回忆起自己的失败。她泪流满面。她感到了新的失败的诱惑。尽管如此，她还是愿意为她渴望听到又从来没有听到过的经典语句付出青春的代价。X在平庸的婚姻生活中度过了自己青春的最后岁月。她几乎从来没有跟自己的丈夫吵过架。直到有一天，她的丈夫听见一声巨响。他冲进浴室，发现浴室里的镜子被砸得粉碎。X光着湿漉漉的身体低头坐在浴室的地上。她的手里还紧紧地抓着那只淋浴喷头。她刚才用它砸碎了镜子里依旧光彩照人的容貌和不再年轻的身体。X的丈夫粗暴地骂了她一句。然后，他们激烈地争吵起来。一星期以后，他们办好了离婚手续。

离婚之后，X与异性有过一些短暂或临时的关系，但是她从来没有认真过，也从来没有激动过。她也从来没有过再婚的想法。她为自己的女儿花去了大量的时间。而剩下的大部分时间她是在回忆和孤独之中度过的。她不断回忆起她的美貌给她的生活带来的致命的伤害。终于，她变得心平气和了。她还经常愿意跟我谈起她青春期的忧伤，就像跟我谈论她一件丢失了多年的无关紧要的东西一样。她终于变得心平气和了。

流动的房间

我们每个人的记忆中都有一座神秘莫测的城市。那座城市养育过我们的欲望和激情,又让我们惶惑,让我们焦虑。那座城市很可能是我们记忆之中最后的防线。它捍卫着生命最后的尊严。当时间的洪水没过这道防线,死亡就将接踵而至,生命就将蜕变成虚无。

关于那一座城市,我们也许有非常复杂的记忆……我们也许还记得穿过城市的河流以及从河流上驶过的那些破旧不堪的货船。我们也许还记得城市周围绵延不断的群山以及群山中那些被砍伐的森林。我们也许还记得城市里错综复杂的街道以及在街道上来来往往的人群,表情呆滞的人群。我们也许还记得,还记得城市错综复杂的历史以及被不断革命的风暴扫荡得无影无踪的历史的踪影……

在我的记忆中，这一切都已经黯淡了。我记忆中的那座城市不仅失去了它的历史，也与现实脱节。我已经无法在记忆中确认它的方位和格局。我甚至没有把握它是否真的存在过或者它是否曾经存在过。依然漂浮在记忆之中的只有那些房间，那些流动的房间……那是时间海洋中的孤岛。我能够清楚地看见自己在那些孤岛上的身影。我经常会对自己与孤岛的关系着迷，不知道究竟它是我的居所还是我是它的居所。我也经常会对那些出现在不同孤岛之上的"我"着迷。我知道，那每一个"我"都是怎样的不同呵……可是，语言简化了我的生命和感觉，它用一个代词囊括了"我"。而我还要忍受着这简化的屈辱，去捍卫生命最后的尊严……有时候，我真的希望这记忆最后的防线能够迅速被时间攻破，我想尽快摆脱掉所有关于生命的疑惑。没有想到，这防线竟是如此地稳固，许多年之后，那些流动的房间依然在我的记忆中缓缓地流动……

……

……的房间

堆满书的房间

在这陌生的房间里我几乎没有陌生的感觉，因为这是堆满书的房间。房间被书架环绕着。书架上的书摆放得非常随意。与东面的一侧书架平行摆放着一张简陋的单人床。床上也码放着一些书，而床底下塞满了各种开本的杂志。我刚走进这陌生的房间。除了书和樟脑的气味以外，我立刻就嗅到了欲望的气味。也许是这种气味使我几乎没有陌生的感觉呢?！我觉得自己好像曾经来到过这里，并且曾经在这里获得过复杂的生命体验。这种亲密的幻觉突然令我感觉有点尴尬，好像我即将经受一场生命的蜕变。

我战战兢兢地走近那些书。我觉得只有走近那些书，我的尴尬才能得到抑制。书是我的乐园、药片或者避难所。书是终极的安慰。我总是能够从自己读过的书中辨认出自己。我也总是能够从别人读过的书中辨认出别人。现在，我有点不知所措的身心特别需要这种安慰。

我的手指从书脊上滑过。一开始，它滑动的速度十分急切。可是突然，我意识到这滑动很像是抚摸，手指立刻带上淡淡的伤感，滑动的速度减缓下来。是的，我正在抚摸的不是堆满了房间的书，我正在抚摸这堆满书的房间。除了书以外，这房间里还有无数裸露的角落和空隙……最重要的，这房间里还有人——房间的主人。如果我的手指能够触摸房间的每一个角落和空隙，它也就将触到房间主人的皮肤，触到它的干燥、它的潮湿、它的坚硬、它的松软，触到它与时间的耳语。不，我不能够放纵自己的手指。我减缓了它滑行的速度。但这好像还不够，好像还不能消除抚摸引起的不安。我伤感地将手指从书脊上移开，用目光代替它的滑动。房间里微弱的灯光增加了我目光的浓度……好，我看见了佩雷克的《生活指南》。我知道有人将它与《尤利西斯》相媲美。我还隐隐约约记得卡尔维诺对它的赞誉。在这本书的第五十七章。作者用前四段详细地描写了一个波兰美女在巴黎的房间。她的床头柜上摆放着一本侦探小说。小说中，X杀了A，法官知道这一点却无法给他定罪。接着，一个政府官员杀了B，这一次，X却被怀疑，被逮捕、被审讯、被定罪、被处死。这本小说本身就是一本生活的指南……摆在它旁边的是一套《观堂集林》。不，这是不完整的一套，它缺了第二册。在书架的另一个角落也许可以找到那一册。我记得那一册里有《殷卜辞中所见先公先王考》。我们最远的祖先被精密的考证复活了。远去的生活最终都变成了零散的符号。而今天的生活则被进一步简化，简化成轻浮的数码。生活总是在抛弃生活……好了，下面一本是卡尔维诺的《文学机器》，他的那个文论集的英语本。其中有一篇纪念巴尔特的文章。那篇文章发表于一九八〇年的四月九日。四月九日正好是那个与我关系最为密切的人的生日，所以我对这篇文章特别留意。在文章的第三段，卡尔维诺描述了十几天前躺在棺材里的巴尔特的模样。那位符号学大师细腻的思想究竟会不会因为死亡而停止？死亡是生命的"零度"……在不远的地方，我看见了著名的《罗马革命》。这本书强调了联盟在罗马政治生活中的重要性，也充分肯定了人的复杂性。有一张一九八三年四月四日的《泰晤士报》的剪报夹在书的第二百页到二百零一页之间。那是一份关于这本书作者学术生涯的详细评价。是谁将剪报夹在了这本书里?有太多关于书和阅读的谜……它的旁边居然是纳博科夫的《说吧,记忆》。这本自传一开始就告诉我们,我们的存在不过是两次永恒的黑暗之间一道短暂的光线。与生前所处的黑暗相比,我们更惧怕生活将我们引向的黑暗。

我还想继续辨认下去,一个很诱人的声音打断了我。那是房间主人的声音。"你为什么不看看我呢?"她动情地问。

我回过头去的时候,她正好将转椅转过来。她裸露的身体完全展现在我的面前。那是一道强烈的闪电。我刚才嗅到的欲望的气味被点燃了。"我还以为这是从书里面发出来的声音呢!"我故意用平淡的口气说,想克制住自己激情的膨胀。说完,我转过身去。我以为欲望的烈焰会在知识的海洋之中自动熄灭。

"不,你应该看着我。"房间的主人说。

她诱惑的声音又让我转过身来。我故意用冷漠的表情面对着她。我开始用挑剔的目光审视她有点单薄的身体。我好像听到了自己挑剔的评价:她虽然有很显眼的乳头,却没有丰满的乳房。在她的左肩下方有一颗大得已经失去了魅力的黑痣。她的身体上几乎找不到饱满的线条。灯光又进一步破坏了她皮肤的质感。我想用挑剔来抵制欲望的冲击。这是最后的机会。

房间的主人注视着我的注视。她完全没有被我的挑剔击退。她显然已经探测到了我身体和灵魂深处的骚动。她从我冷酷的目光里看出了欲望的光泽。突然，她放声大笑起来。她笑出了眼泪。她的笑声令整个房间都颤动起来，令我颤动起来。

我冲过去，双膝跪在地上。我将头紧贴她的身体。我开始亲吻她的小腹。在我的嘴唇刚刚接触到她的一刹那，她的身体剧烈地抽动了一下。这抽动好像是提升欲望能级的磁场。越过两个身体之间狭窄的缝隙，时间获得了一种新的形式。

我用不同的力度亲吻她的小腹。我不想再受理智的滋扰。我想让自己在这亲吻之中窒息。但是，房间的主人并没有让我窒息过去。她用力捧起我的脸，用充满诱惑的声音说："我们到床上去。"

我将她抱到了床上。我的身体碰到了码放在床上的那些书。我还没有来得及调整好自己的姿势，我们的位置关系就发生了变化。房间的主人巧妙地翻转到我的身上，激情地在我身体的胸部摩擦她的脸颊和嘴唇。这种摩擦没有明显的节奏，但是有很强的力度。它的力量好像不是来自她的激情，而是来自我的欲望。我知道我的身体已经强硬无比，我知道我的身体已经不再属于我自己。她的呼吸和呼唤都证实了这一点。"我要吞下你的强悍。"她气喘吁吁地说。

她吞下了我的强悍。她诱人的尖叫声让我更加强悍。那样的尖叫声不可能单纯来自那样单薄的身体。它来自我们欲望的纠缠和身体的碰撞。"我这是在知识的海洋里遨游。"我得意地说。她好像没有时间理睬我的玩笑。她稍稍停顿一下，然后继续她诱人的尖叫。"我这才知道了什么叫'知识就是力量'。"我继续得意地说。

房间的主人轻轻松开了她的手。"你能不开玩笑了吗？"她接着说，"你这样会妨碍我对快感的专注。"

"这不是玩笑。这是骄傲。"我说。接着，我抓紧她的手，示意她继续抱紧我，将我抱得更紧。"需不需要换一种姿势？"我接着问。

"现在我是你的奴隶，"她温顺地说，"一切都由奴隶主来决定。"

可是，我已经无法也无需改变姿势了，因为她已经接近兴奋的极点。我只需要利用现有的优势就可以将她推上巅峰，将她的极点锁定。

那风光无限的巅峰真是让我领略了知识的力量……我不知道我们的身体是怎样分开的。在我们的身体分开之后，房间的主人很严肃地坐了起来。她的双手合抱着隆起的双腿，头轻轻地靠在膝盖上。她问我想不想知道她的感觉。我抚弄着她的脚趾，说当然想知道。

"我觉得自己是一个征服者，"房间的主人激动地说，"而且是最伟大的征服者。"

我不是太理解她身份的逆转，刚才她还是"奴隶"，现在就成了"征服者"。

"我征服了时间，"房间的主人继续说，"第一次有这样的感觉。"

现在我懂了：我们的身体之间有二十年的差距，可是这种差距并没有隔绝我们的欲望，并没有成为我们登峰造极的障碍。

"我将永远感激这个夜晚，感激你，"房间的主人说，"你给了我新的生命。"

这感激没有冲淡我突然感到的一种迷惘。时间是无法征服的。我这样想，但没有这样说。

"到了我这种年纪，你肯定也会有'再生'的渴望。"房间的主人说。

我的人生就是从这堆满书的房间或者说从它博学的主人开始的。可是在那个激情的夜晚之后，我没有再走进过那房间，也没有再见过房间的主人。我想念那些熟悉的书。我想念那张凌乱的床……我甚至想念那诱人的尖叫以及那欲望的气味。可是，我没有再走进过它。我觉得我一定是因为恐惧什么才没有再走进它。我恐惧什么？

……

……的房间

没有家具的房间

这没有家具的房间里其实有一件非常显眼的家具：一张

宽大舒适的床。我躺在深绿色的床单上睡着了。房间的空旷和宁静令我做梦。我梦见了一座没有街道的城市。那座城市由无数相通的房间联结而成。一个人总是有可能从一个房间经过一条不重复的通道抵达另一个房间。一个人一旦进入了这网状的城市就永远不能再离开。我梦见我在这座城市里行走。我很快发现我能够达到的最远的地方就是我的出发点,我的"原处"。所有的房间都是一样的大小,都没有家具。房间与房间之间靠照片相区别:每个房间里都挂着一张不同的照片——这个世纪最引人注目的那些女性的照片。这些女性之中,时间上距离我最近的是戴安娜和莱温斯基。因为这些照片,在这座城市里行走就好像是在这个世纪的一种特殊的历史中行走。我在这座迷宫一样的城市里行走……可是,还没有达到最远能够达到的地方,我的行走就被打断了。一只温情的手将我推醒。"你又说梦话了,"我的妻子问,"你做了什么梦?"

"我梦见了一座城市。"

"一座城市?"

"一座城市。"

"可是你在喊人。"

"谁?"

"很多人,都是女人。"

"有你吗?"

"如果有,我就不会推醒你了。"

"如果不推醒我，你肯定会听到你的名字的。"

"你也想要我做梦吗?！"

我有很多话想说：关于感情，关于厮守，关于欲望，关于未来……可是，我不想再说下去了。已经十年了，我们在一起的生活已经十年了。这种生活可以简化为一张床，或者说可以简化为这张床。这张宽大舒适的床。我将这房间称为"没有家具的房间"其实就是为了要突出这张床。床单从来都由我妻子选择。而床单的颜色是选择的焦点。她有一天很神秘地告诉我，她是根据自己的欲望来选择床单的颜色的。她说床单的颜色就代表着她自己欲望的颜色。我从来不知道欲望还有颜色。而更让我费解的是，我们床单的颜色正好可以用来标志我们婚姻生活的不同阶段，就像毕加索的一生可以用不同的颜色来概括一样。

她最初选择的是一块白色的床单。我们躺在床上就如同躺在云上。我们好像拥有天空的宽广。嫉妒离我们很远，孤独离我们很远……我们对床的理解与生命中任何痛苦或者敏感的角落都没有瓜葛。我们的记忆也像床单一样纯净整洁。当然，我们对身体和激情也没有认识。我们的身体只是通过突如其来的需要（难道这就是她说的欲望？）联在一起。我们往往手忙脚乱，经常半途而废。我们的联结从来没有快感的巅峰，也没有幽默感的点缀。我们以为这就是生活。我们不会感觉孤独。

后来,我们躺在一块黄色的床单上。那如同金秋的大地。这大地任我们翻转,任我们起伏,任我们伸延。这时候,我们开始尝到了寻找欢乐的乐趣。我们开始在意身体的强度和耐力。我们用登峰造极的快感来向时间挑战……总之,我们在床单上留下了欲望的记录。神奇的是,对"满足"的见识让我们开始遭受不满的折磨。也就是在这个阶段,床成为了复杂的暗示,它有时候会指向别处,指向我们的想象,指向想象中的另一张床。我们变得极度敏感。生活中的任何一点迟疑和停顿都会引起我们的警觉。我们会沿着想象的暗道进入对我们自己充满敌意的时间和地点……又一个来历不明的折痕,又一阵来历不明的严肃,又一句来历不明的评价……我们会计较"满足"中的任何一点缺损。我们什么都会计较。

后来,我们换上了一块深红色的床单。这时候,我们进一步探明了生命的奥妙。而孤独的感觉突然也变得如此地张狂。它不仅在我们的床上,它还附着在我们的时间上。我们不知道是这孤独感让我们懂得了生命的奥妙,还是因为懂得了生命的奥妙,我们才遭受着孤独感的折磨。我们开始求助于端详和被端详。我们开始沉醉于端详和被端详。我贪婪地端详着流畅的头发、清晰的鼻梁、柔顺的嘴唇、光滑的肩膀、热烈的胸部以及越过腰部的线条。接着,我的端详会在摊开的大腿上停留一会,然后,再缓慢地移向双腿结合的地方。那里是令我心醉神迷的花园。我痴迷地端详着花园的门户,直到欲望的甘泉突然浸湿了我的目光。

现在，我们换上了这深绿色的床单。这时候，我们对什么都变得无所谓了。我们开始调侃我们自己，从我们的相处一直到我们的身体。敏感已经成为时间的牺牲品。轻松又猥亵的幽默解构了欲望的尊严。我们甚至开始谈论我们的分离，因为端详已经无济于事了，因为紧跟在孤独感之后徘徊在床单上的是无聊的感觉。那一天，我问我的妻子，在我们分开之后，她会怎样生活。其实我有点恐惧她的回答。所有我能够想象到的回答都是对我的伤害，因为……因为我知道，我根本就无法容忍她的离开。

而我妻子的回答是我没有想到的。她说，如果我离开了她，她就会离开我。她的语气很平静，她的回答很干脆，就好像她说出的是一个深思熟虑的结果。

"这是什么意思呢？"我不是很相信自己的理解。

"我会去死的。"我妻子说。

我极为恐惧自己理解的正确。"为什么？"我问。

"我会的。我会的，"我妻子说，"我会去死的。"

"为什么？"我问。我不知道她为什么要用这样的回答来伤害我。

……

……的房间

没有光的房间

我开始并不知道这从来都是没有光的房间，尽管我走进去的时候，里面是一片黑暗。房间的主人拉着我的手，将我领到一张椅子旁，"你可以坐下来了。"她说。黑暗中的声音显得特别沉闷。

我坐下来了。那只牵着我的手慢慢松开。我想抓住它，但是没有抓住。"喂，你还在吗？"我紧张地问。

没有人回答。

"你还在这里吗？"我继续问。

还是没有人回答。

"这是什么地方？"我接着问，"我什么也看不到啊。"

还是没有人回答。

我站起来。我想顺着刚才的记忆，找到门的位置。

这时候，黑暗中荡起了一阵抽泣声。

怎么回事？我对着声音传来的方向问："这是怎么回事？"

仍然没有人回答。

我沿着抽泣声慢慢移动脚步。我碰到了什么。我蹲下去，摸到了一只脚，接着又摸到了另一只脚。"是你吗？"我问。

还是没有回答。

我顺着小腿摸到了弯曲的膝盖。我马上意识到抽泣者正坐在什么地方。我将手伸过去，很快就摸到了一张床。我站起来一点，也坐到了床的边沿上，并且轻轻地靠着抽泣者的身体。"你这是怎么啦？"我问。

"我想家了。"抽泣者说。

"为什么会突然想家了呢？"我又问，"是因为我吗？"

"与你有什么关系？！"抽泣者有点粗暴地说。

我觉得我不应该多问。可是，抽泣仍在继续，在黑暗中继续……怎么才能够制止住这似乎是不会结束的忧伤呢？我不得不再问一次。"那么，"我问，"是因为这黑暗吗？"

"我已经习惯它了，"抽泣者冷冷地说，"这房间里没有灯。"

"你不喜欢灯光吗？"我吃惊地问。

"连阳光也没有，"抽泣者说，"因为这里也没有窗户。"

我的身体颤抖了一下。我从来没有见到过不喜欢光的人。我从来没有走进过没有光的房间。因为在任何时间里都没有光亮，我永远也不可能知道这房间的形状和室内的布置。我感到自己现在已经与时间绝缘了。我只能通过语言和触摸来把握生命的"进度"，来标识自己的"活着"。"这是什么地方呢？"我急切地问。我希望自己至少能够有一点点方位的概念。"这是我的家。"抽泣者回答说。

对我来说，"家"是没有方位的概念。抽泣者的回答不能消除我的疑惑。"你刚才说你想家，"我问，"你想的就是这里吗？"

抽泣突然停止了。"你在嘲笑我。"抽泣者轻松地说。我突然意识到她的声音非常迷人。

谁嘲笑你呢！我心想，我在嘲笑我自己。我为什么会走近一个陌生人，跟她说话，又跟着她走进了这没有光的房间？我在嘲笑我自己。有很长一段时间了，我一直有一种原始的冲动：我想去尝试亲密之外的接触。我想理解陌生与亲密到底可以有多大的重叠。我想知道我的渴望之中，哪些是可以满足的，哪些是不可以满足的。总之，我想了解边界：关系的边界，时间的边界，亲密的边界，距离的边界，身体的边界……我因此才走进了这没有光的房间。一开始，我并没有怎么去注意这陌生人的长相、举止和气味。我以为接踵而至的是一个漫长的夜晚。我以为我有足够的时间借着或明或暗的灯光去端详去品尝。我没有想到她会将我带进这样沉重的黑暗。现在，我们的周围只有黑暗。她消失在这黑暗之中，我消失在这黑暗之中，所有的边界都消失在这黑暗之中。这沉重的黑暗甚至使我的嗅觉也失去了它本能的敏感。只有语言和触摸在呵护着我的感觉。我有不安的预感。我预感等待着我的是虚无，如黑暗一样深不可测的虚无，因为我无法辨认"经过"的痕迹。我在笑话我自己呢！这没有光的房间埋葬了我原始的冲动。

抽泣者也许已经注意到了这一点，因为在她停止抽泣之后，我的身体已经没有再紧靠着她的身体。她将手放到我的大腿上。"你为什么不碰我？"她说。

"你还是一个孩子。"我说。刚才在走近这没有光的房间的时候,她告诉过我她的年纪。我痛苦地颤抖了一下:我们年龄的差距对我是一个隐喻。

"我从来都不是一个孩子。"

"这是什么意思?"

"我没有童年,没有家……我什么都没有。"

抽泣者的回答让我更加虚弱。所有的这些"没有"就是她拒绝阳光和灯光的原因吗?"我比你大了整整二十岁呢!"我说。

抽泣者挖苦地笑了一下。"比我大五十岁的人都想碰我。"她说。

"我不想。"我说。

"为什么?"

"我——我不能。"

"为什么?"

"因为……"我犹豫了一下,还是不想说出我的理由。

"那你为什么要走近我?"抽泣者不满地说。

"开始我的确想,'我说,"可走进这房间之后……"

"你不习惯这黑暗?!"抽泣者说,"你害怕?!"

我不想告诉她黑暗其实只是部分的原因,让我恐惧的还有我们年龄的差距。我不可能向她提起那间堆满书的房间以及那种"再生"的渴望。

"可是我习惯了这黑暗，"抽泣者说，"而且我需要这黑暗。"

抽泣者饱含诗意的说法让我有点费解。"为什么会'需要'?"我问。

"它让我看不见人的嘴脸，你知道吗?"抽泣者说，"我讨厌人的嘴脸。"

我还能再说什么呢?!我站起来，肯定地说："把我带到门口去吧。"

走出这没有光的房间的时候，我回头看了抽泣者一眼。"谢谢你告诉我你为什么会想家。"我说。

室外微弱的光亮投射在抽泣者表情严肃的脸上。"我告诉你了吗?!"她冷冷地说，好像有点迷惑不解。

……
……**的房间**
浓缩着历史的房间

一开始，我并没有将这房间想象成是一间浓缩着历史的房间。我走近它。我穿过想象为欲望布置的各种各样的场景……可是，一走进这房间，我马上就进入了另外的时间：欲望隐退了，而历史却凸显出来。我注意到书架上那唯一一排中文书几乎全是历史书，其中甚至有两种我从来没有听说过的偏远县镇的"地方志"。很快,我就知道了:她是为了告别才邀请我走进这浓缩着历史的房间的。我可以在这房间里停留大约两个小时。

这房间此刻显得很零乱:床铺上、书桌上、沙发上都堆满了东西。床铺旁边有两口敞开的皮箱。皮箱里面也很零乱。她已经在这个城市里生活了三年。一星期以后,她将回到家乡伯明翰去。

她将沙发上的一些东西转移到床铺上,为我们两人腾出了一块能够坐下的地方。我们坐下了。我们从来没有在这么近的距离里坐下来过。我们之间几乎没有距离。我们的膝盖不小心就会轻轻碰在一起。我能够感觉到她的呼吸。我相信她也能够感觉到我:我的呼吸甚至我的不安。我借助意志的支撑才敢正视她的目光。而她身上淡淡的香水气味很快就摧垮了我的意志。我尴尬地低下了头。我知道,我的感觉突然变得非常敏锐。我要用这敏锐在两个小时之内记忆下这房间的全部魅力,包括它最神秘的气息。在我看来,每一个房间都有它最神秘的气息,也就是它特殊的魅力。那是每一个房间里最柔软的地方。那里也许最明亮,那里也许最黑暗……但是,那一定是最柔软的地方。那种柔软有时候会超出视觉甚至触觉的感知范围,固执地等待着心灵的发现,细腻和脆弱的发现。那种柔软生根在记忆的最深处,时间的浇灌将使它更加柔软……我想知道这房间最神秘的气息与我们的相遇有什么关系。第一次,我们在博物馆的展厅相遇。我们之间隔着一副水晶棺罩,那里面躺着一具汉代的女尸。目光越过这历史的遗迹将我们连接在一起。然后,我们一起穿过了另外几间展厅,从这个文明古国的过去一直走到了它的现在。她对这个国家的了解令我吃惊。她了解它的过去,甚至我自己一点都不了解的那些过去。她甚至还了解这个国家对它自己过去的误解。这是我的祖国啊!她关于我的祖国的知识对我既是一种侮辱又是一种无法抵抗的诱惑。它引诱我走近她,走近她……这是走近未来,还是走近过去?

我尴尬地低下了头。我等待着她的声音或者说她的反应。我等待着这房间最神秘的气息。她终于说话了。她说她读到了我的信。她说我对她的赞扬令她感动。还有我对她的欲望呢?!我急不可耐地想,她为什么要避开那封信最重要的内容?我的欲望在信中表达得非常清楚。我说我希望我们的相处不会因为距离而中断,不管是地理上的距离:欧洲和亚洲;还是文化上的距离:西方和东方;或者信仰上的距离:她恪守的教义和我沉醉的生活……我希望所有这些距离都不会阻碍我们的相处。她没有回避我引起的话题。她接着说,我们不可能有更深的交流。她说她的心灵是一个坚固的堡垒,它所要"抵制"的正好是这个她极为熟悉的国家。她说我们有过的交流将随着她的离开而中断,我们不可能有更深的交流。她说历史已经刻画了她与这个国家关系的边界。她说我们其实早已经越过了这个边界。她伸出手来，用弯曲的右手的食指擦去我的眼泪。我没有想到我以为自己拥有的优势其实正好就是劣势。绝望的感觉窒息了我。我绝望地抓住她的手，将它轻轻地压在我的嘴唇之下。她容忍了我的再次"越界"，没有马上将手抽开。可是，当我想将她整个的身体拉近我的时候，她用另一只手挡住了我。"不，不要做。"她微微后仰着身体，用口音很重的汉语说。

在这五个月的交往过程中，她跟我讲过很多故事。她所有的故事都是用汉语讲述的。只是在实在找不到合适的汉语词汇的时候，她才会用英语辅助一下。我原来一直以为，她这是为我做出的选择。直到走进了这房间，直到她让我知道了她的"抵制"，我才意识到她对语言的选择完全是出于她自身的需要。她需要非母语的表达，她需要表达的障碍。选择用汉语讲述历史是她的一种姿态，是她对那种历史的"抵制"。

我努力记下了她讲述的一切。它们是我这五个月以来日记的主要内容。她的讲述按时间的顺序进行。最开始，她讲到十九世纪最后那几年中的一些事情。一批英国人在那个南部偏远省份的西部地区传教。他们建立了四十多处教堂，发展了大批教徒。可是在一八九五年六月的一天，当地一个信奉素食的组织纠集一百多暴民攻击了传教士们建造在深山里的度假村。他们高举火把冲进那几间平房，用菜刀砍死了那个试图反抗的男教士和两个女教士，然后点火烧死了正在熟睡的六个孩子和看护他们的那两个女教士。唯一幸存的女教士后来为这一事件写下了一段证词,其中描述了她目睹五个暴民同时用菜刀砍杀一个女教士的情形。

她后来又讲到发生在一九二五年的一些事情。她讲到在那个中部省份里的一个小镇上,那座有三十年历史的教会医院在教会内部现代主义运动的推动下获得了很大的发展。原教旨主义已经渐渐失去了活力,"社会福音"成了上帝新的表达方式。那所医院的院长是一位国际知名的肾病专家。他在那里平静地工作了六年。他灵敏地适应着思潮的变革。他的工作得到了教会和当地社会的赞扬。可是,政治的风云突变。几个月以来频繁的示威干扰了他的工作,也令他的精神忧郁。示威者高喊着反对帝国主义的口号,要求一切西方人都滚出中国。在一个深秋的下午,一场小规模的示威突然演变成了对医院的进攻。对这样的发展,院长其实早有预感。他在夏天已经将妻子和儿女送回伦敦去了。他自己也计划在冬天之前离开。他没有来得及离开。冲进医院的示威者怒不可遏。他们将他从手术室里拖了出来,将他拖到大门口的土坪上。院长乞求示威者让他完成正在进行的手术,否则手术台上的那位妇女会痛苦难当。他的乞求更加激发了群众的义愤。他们对他大声呼喊口号。他们要求一切帝国主义者立即从中国滚出去。院长辩解说他自己不是帝国主义者。他在中国所做的只是传教和行医这两件善事。在那个指挥者的示意下,愤怒的人群突然安静了下来。院长认识那个指挥者。他曾经为他做过切割阑尾的手术，根治了困扰他多年的阑尾炎。指挥者将手里的长棍架在院长的右肩上，他要他向全体群众交代他以传教的名义欺骗过多少中国妇女，又用行医的名义侮辱过多少中国妇女。院长当然拒绝交代。这时候，愤怒的指挥者突然面向着群众说："他不是帝国主义者，还有谁是？"他的愤怒又一次激起了群众的愤怒。接着，指挥者又高叫着说："我们的那位同胞姐妹宁愿死在手术台上，也不愿继续遭受一个帝国主义者的侮辱。"他还没有说完，愤怒的群众就围了上来。他们用乱棍将院长打死之后，又拖住他的尸体在小镇上继续示威。

她后来又跟我讲起了一件发生在一九三七年初的事情：一个年轻的英国人受教会的委托重新开办了那家著名的医院。他充满敬意地将死于示威活动中的院长的画像悬挂在正对着医院大门的墙上。可是没过多久，日本军队就占领了医院所在的地区。他们不断骚扰医院的工作，最后终于在一九四三年初将年轻的院长投进了监狱。他们指控他暗地里给中国军队提供服务，认定他犯下了"间谍罪"。年轻的院长在两年之后重获自由，并且继续主持医院的工作。但是五年之后，在共产党夺取了全国政权之后不久，他又再次被当成是西方间谍，被关进了监狱。他六年之后才重获自由，回到了他的家乡。

五个月以来，我一直在记录着她讲述的故事。"你给我带来了一个全新的世界。"我曾经这样对她说。现在，走进了这浓缩着历史的房间,我仍然想这样说。我绝望地看着她。她从容地对我微笑。她对我的欲望的抵制让我伤心。但是不管怎样,我还是无法抗拒对她更深的好奇。我好奇地问她那所有的故事之间会不会有什么联系。如果有的话,我相信,那就是这浓缩着历史的房间里最神秘的气息。她严肃的目光让我终生难忘。她说与中国的关系是她的家族的基因,或者应该说是一种"基因的变异",一种"遗传病"。她的这种说法突然就让我完全理解了那些故事之间的逻辑以及她对我的祖国的态度。她的解释与我的理解相吻合。她解释说,她曾祖父被杀的那一年,她十岁的祖父因正好被送回伦敦治病,幸免于难。而她祖父的两个弟弟和一个姐姐都成了"度假村"事件的受难者。二十四年后,她已经是知名肾病专家的祖父又来到了中国。他在那个中部的省份行医十年,建立了很高的威望。而当示威者拖着他的尸体在小镇上示威之后的第十一年,她的父亲又在同一个地方将医院重新开办了起来。她说她家族的历史与中国的历史紧密相连,甚至可以说她家族的历史就是中国历史的一部分。她说,对她的家族来说,中国是一种毒品,"它令我们上瘾"。她深情地说。她的家族知道这毒品的危害,却无法割舍对它的沉迷。但是,她的家族成功地抵制了中国人对他们基因的"再次入侵"。"也许我们变异的基因里幸存着一种免疫力。"她骄傲地说。她的家族一百年来成功地渡过了那几次"再次入侵"的挑战。这是他们引以为自豪的"家业"。她最后将我的信还给我。她说她不是以她个人的名义拒绝我。她说她代表的是她那个基因变异的家族。

在这浓缩着历史的房间里，现实中的两个小时已经具备了永恒的分量，因为它已经让我嗅到了历史最神秘的气息。

……

……的房间

充满音乐的房间

这房间能够满足我的不同需要：有时候，我来这里寻找刺激；有时候，我是因为遭受了太多的刺激而来这里寻找安慰；有时候，我来这里仅仅是为了让她高兴（当然，这也是我的一种需要）；有时候，我来这里仅仅是因为我不想待在任何其他的地方。

我一直没有这房间的钥匙。我想让我的每一次到来都像是一次"来访"。对一个来访者来说，即将走进的房间总好像隐藏着特别的激情或者秘密，他的每一次进入都好像是一次历险。当然，对于像我这种过于频繁的"来访"者，并不是每一次"来访"都会巧遇值得回味的悬念。

因为没有这房间的钥匙，每一次我都需要按下门铃，然后等待。在等待的那一段时间里，我总是会去想象房门打开的一刹那她将带给我什么样的惊喜：也许她刚刚穿上那件天蓝色的睡衣……也许她依然披着那件粉红色的浴巾……也许她的脸上布满了泪水……也许她会责备我的早到或者迟到……也许她手里捧着我最喜欢吃的蛋糕……唯一无需我想象的是,每一次打开房间,音乐总是迎面而来。也就是说,她带给我的惊喜总是与音乐融化在一起,就好像其中的一段旋律。

这是充满音乐的房间。我们在这里的生活就好像是与音乐对话的另一个声部。我们在这里倾听我们的亲近我们的和谐我们的喜悦……在入睡之前,她会将音乐关得很小,但不会将它完全关掉。这样,我们的梦也能够有音乐的参与。在这充满音乐的房间里,音乐不仅是我们的伴侣,也是一个公开的窥探者。它窥探我们的身体,甚至窥探我们的意识。它甚至还会像"第三者"一样嫉妒我们美不胜收的结合或者骚扰我们意犹未尽的快感。白天的时候,这种嫉妒和骚扰一定会受到处罚。她会对"第三者"皱皱眉头,然后迅速换上一段与我们的激情相应的音乐。而一旦进入睡梦之中,什么也就都影响不到我们了。在睡梦之中,我们总是面对着面,我们的呼吸总是相互渗透,我总是将左手轻轻地放在她右侧的乳房上。这安详的姿势如同生命之中的默契,令我们像天使一样地安睡。

正是这种默契让我们不满足于同居的亲密。我们也许应该有一个家。我们也许还应该有一个孩子。我们想象所有这些,包括我们的新房。"那肯定还是充满音乐的房间。"她肯定地说。我亲吻了一下她的肩膀。我说:"肯定是的。"但是,我没有想到这时候她会突然用双肘撑起身体，很严肃地看着我。"结婚以后，你会不会需要新房的钥匙呢？"她问。她的问题让我非常恐惧：我不敢说不要，又不想说要。"每一次进入都应该像是一次历险。"我嘟噜着说。"你这是什么意思？"她说，"你没有回答我的问题。"

关于"家"的讨论是这充满音乐的房间里出现的唯一不和谐的声音。它暴露了我们内心世界里的一种对立，与恐惧相关的对立。我们都有恐惧，但我恐惧的是过去，而她恐惧的却是未来。我们都将"家"当成是一个机会：我想成家之后，我们就可以一起离开这座城市，摆脱充满困惑的过去；而她相信成家会让我们永远安居在这座城市，不需要再经受未来不安的颠簸了。

这种对立令我们隔膜得如地球的两极，同样寒冷又同样寂寞的两极。我们都痛苦不堪。我们经常在深夜里被寒冷和寂寞惊醒。我们的睡眠开始出现严重的问题。有一天深夜，我惊醒之后，发现她也已经醒了。她用绝望的目光盯着我。"不能再继续那种讨论了。"我对她说。

她压住我轻轻放在她乳房上的手。"原谅我，"她说，"我不想失去你。我觉得只有在我们自己的城市里我才有能力留住你。"

她对失去我的恐惧让我亢奋起来。我慌乱地打开我们的台灯。我想看见她。我想看见她的身体。我想看见她的灵魂。我想看见她的恐惧。我没有想到这时候她会突然贴着我的耳边说:"把音乐关掉。"她的呼吸已经变得非常急促。"为什么?"我好奇地问。她没有回答,而是激情地脱去了她的睡衣。我背过手去关掉了音乐。我的眼睛却没有离开她。我贪婪地盯着她粉红的乳晕,那上面已经布满了突起的颗粒。我俯下身去,将整个乳晕都含在嘴里。我用舌尖弹动着她的乳头。我欣赏着她身体欢快的颤抖。像往常一样,她没有发出任何声音。她自始至终都没有发出任何声音。她用沉默呼应我在她身体深处的冲撞。这是激情的沉默。这是沉默的激情。对我来说,这沉默和激情就是这座城市最明显的"地标"。这时候,这充满音乐的房间里一片寂静。只有时间在嫉妒地打量着我们。我突然知道她为什么要我关掉音乐了:她在我们这史无前例的激情中更贪婪我的视觉而不是我的听觉。是的,我已经看见了从头开始的一切。是的,我看见她的面部已经出现了极度痛苦的表情,好像她整个生命都即将崩溃。我知道,这就是激情的巅峰呈现出的奇观,瞬息即逝的奇观。"你不会失去我,"我贴在她的耳边说,"永远也不会。"

……

……的房间

……

我们每个人的记忆中都有一座神秘莫测的城市。当我们远离了那座城市之后,我们对生命的看法肯定会发生巨大的变化。也许我们依然陶醉于激情带给自己的满足或者伤害……也许我们对岁月的流逝已经变得无动于衷……也许欲望正在引诱我们重返我们的城市……那座城市很可能是我们记忆之中最后的防线。

经过漫长的生活,我们知道,坚守住这最后防线的希望已经十分渺茫。我们怎么办?是应该选择放弃,还是选择固守?是更应该依赖理性,还是更应该依赖信仰?

事实上,无论放弃还是固守,都只是死亡的一个注脚。事实上,在经历过那些流动的房间之后,我们就无法选择也无需选择了。这也许就是那座神秘莫测的城市对于我们的意义……这神秘莫测的意义。

我们最终的选择

重要声明：有一天，我的信箱里出现了一个奇怪的信封。信封上面没有邮票，也没有收信人和寄信人的地址姓名。信封里面装着一篇打印好的"小说"以及一封落款是"小说作者"的手写的信。根据"小说作者"在信中的提示，这篇"伤感"的小说写的是一次流产的移民冲动。他希望我能够利用自己在文学界的名声将这篇写法奇特的作品发表出来。为此，他声明放弃关于这篇"小说"的一切权利。以下便是这篇"小说"的全文。我将它当成是自己的作品意味着我愿意为它承担一切责任。

我们常常不理解我们自己。我们常常要质问：我们为什么活着？在我们忙得焦头烂额的时候，我们质问我们自己；在我们闲得无所事事的时候，我们也同样地质问我们自己。我们为什么活着？同样的问题可以通过完全不同的情境来到我们面前，又总是同样没有令我们满意的答案。于是，我们决定去酒吧坐一坐。那里有很多的西方人和很多的妓女。那里听得到带法国口音的英语以及带西方口音的汉语。我们平静地盯着啤酒杯，什么也没有说。我们什么也不想说。我们只想听听别人怎么说。别人什么都说。没有重量的声音随着时间流逝。将近十二点的时候，我们感到了深深的疲倦。我们疲倦地回到了家里。我们推开卧室的窗户，星光和微风迎面而来。可是，我们为什么活着？我们在继续质问我们自己，直到睡眠浸过了我们的额头。

　　我们无法回答这样的问题，所以，我们委身于一种选择。选择可以帮助我们躲避质问的困扰。我们选择了离开。我们决定用离开来改变我们现在的生活，面对着质问的生活。去一个纬度较高的国家吧。好几个星期了，我们都在打量着同一张地图。我们对北半球一些纬度较高的国家充满了敬意。当寒冷与文明混合在一起的时候，我们以为我们会很快发现生活的意义。也许从一本用英文或者法文写成的畅销书之中，也许从关于"民主"这个有点平庸的名词的一种武断的解释之中，也许从一堆关于性或者关于政治的笑话之中，或者从一连串不受母语打扰的夜晚之中，我们会突然发现生活的意义。也许我们会发现，生活的意义正好就是它的形式，而生活最高的形式显然就是漂流，是形式的消失。很快，我们就开始为我们的离开准备各种各样的材料。我们细心地写下了我们的经历。这也许是准备过程中唯一有趣的事情。因为我们需要虚构一些经历来满足移民官审核的要求。但是，为什么就不能够说我们所有的经历其实都是一种虚构呢？我们完全可以这么说。我们之所以质问我们自己为什么活着，也就是因为我们对经历丧失了判断。它有意义还是没有意义，或者它有还是没有？这是另外的一个难题。不管怎样，那两个熟悉的年份令我们流下了眼泪。在第一个熟悉的年份里，我们第一次对身体有了感觉。身体从柔软到坚挺，又从坚挺到柔弱，这种变化令我们欣喜，令我们满足。狂热过去之后，欲望的颜色仍然久久地漂浮在身体的表面。欲望如同一次旅行。当我们返回出发点的时候，我们对世界的宽度又有了新的认识；而在第二个熟悉的年份里，我们与分离多年的朋友们在两次葬礼上相遇。第一次，大家回忆起我们与死者的友谊，所有人都失声痛哭起来。死者死于一场很离奇的车祸。死者曾经说："我一直想在我们六十岁的时候组织一次携家带口的旅行。"他的表情总是那么严肃。他接着说："我们带上我们的儿子和孙子，去寻找我们童年时代的家园，童年时代的梦。"死者提前结束了他的人生之旅。他距离他想象中的那次好像充满天伦之乐的旅行还有三十六年。他还没有来得及成家。他也许已经知道他童年时代的家园和梦想其实早已经被"发展"的激情毁灭；第二次，我们建议死者的妻子认真考虑一下堕胎的问题。悲伤使她固执。她执意八个月以后要生下那个已经失去了父亲的孩子，并将他养大。死者刚好二十五岁。在结婚四个月之后，他的头部出现了异常的疼痛。又过了三个月，我们参加了他的葬礼。而在他的婚礼上，死者曾经开心地问我们是否还记得我们初中阶段的物理老师。"当然，当然记得。"我们说。这一次，过去不是虚构。我们好像就面对着我们少年时代充满好奇和稚气的眼睛。一直没有成家的物理老师做出过不少荒唐的事情，令我们大开眼界。不过，他真正的意义是向我们推荐过一本很精彩的书。"《科学并不神秘》。"死者在婚礼那天还清楚地记得那本书的书名。在那本书里，我们第一次遇见了热力学第二定律。

这些熟悉的年份使我们怀疑起我们的选择来。时间不停地冲刷着我们的皮肤，令它粗糙，令它迟钝，令它失去对欲望的敏感。青春转瞬即逝。我们的身体已经不再是欲望的精确的诠释者。我们的内心与我们的生活像两块炸裂开的大陆，在时间的海洋里越漂越远。它们各自并没有自己的方向，可是它们漂向不同的方向，渐渐已经辨认不出对方的踪影。最后，它们只能够分离着感受海水的起伏与孤独。激情已经不可能将它们联系在一起。我们的内心与我们的生活渐渐变成了毫无关联的岛屿，两座毫无关联的岛屿。

这些熟悉的年份使我们怀疑起我们的选择来。葬礼在我们青春岁月中的反复出现威胁着我们刚刚获得的关于世界的宽度的最新认识。世界的边缘不断被那些没有终点的旅行涂抹成阴影。生存的阴影。每一次葬礼都缩小了世界的宽度。我们知道，阴影很快也会将我们自己吞没。死亡是想象力无法战胜的敌人。它在我们青春岁月中的反复出现使我们的内心不再信任我们的生活。我们的内心与我们的生活像两座不断远离的岛屿，最后它们都将沉没，沉没到时间冰冷的海底。

怀疑不断浸入我们的身体，使我们的等待变成了对我们的折磨。折磨带来的痛苦使我们更加怀疑我们的选择，又使等待变成了更深的折磨。终于，我们惊奇地发现，尽管做出了选择，我们仍然常常质问我们自己。身体的限制和死亡的威胁显然也同样隐藏在漂流之中，隐藏在所有的"离开"之中。这令我们绝望到了极点。我们有时候去郊外的墓地野餐，死亡好像变成了风景；我们有时候在市区飙车，让毫无意义的生命与永恒的黑暗只有毫厘之隔；我们有时候在凌晨去游泳，让自己裸露的身体沿着城边那条古老的河流一直漂向黎明；我们有时候松开控制欲望的缰绳，让坚挺的时间不断延长，好像要将兴奋变成化石……我们不断在追逐着极限和威胁。我们渴望着身体和死亡能够同时消失在我们的追逐之中。我们渴望着用这无休无止的追逐将等待升华为享受。

这无休无止的追逐常常会令我们流泪。我们总是在想象的疯狂之中发现生活的平庸，发现我们自己的无能为力。有一天，我们从镜子里看见了我们的眼泪。我们突然清醒地意识到我们其实没有什么可以选择。我们能够选择的不过是一个地方，我们将把自己的身体弃置在那里。我们选择的只是身体的归宿。也许在一个纬度较高的国家，也许不。这又有什么不同呢？

于是，我们又决定去酒吧坐一坐。这一次，我们说个不停，完全没有在意周围的声音。德国口音的英语？法国口音的日语？过去我们常常不理解我们自己，这一次好像是一个例外。这一次，我们好像理解了我们自己。我们终于明白了，我们的焦虑不需要也不可能获得解决。我们觉得，无论如何，我们要在冬季来临之前将我们自己从等待的折磨之中解脱出来。我们一直谈到了凌晨。我们没有感到丝毫的疲倦。

现在，我们最终的选择终于变得清晰了。我们最终的选择就是什么也不选择。因为我们好像已经知道，我们活着其实不为了什么。所有的人活着其实都不为了什么。"我们"其实就是所有的人。

"你肯定听不懂的故事"

"你这是怎么了？你好像还是不想出门，就跟昨天一样。我说好了要带你到山顶的树林里去的。那是你最喜欢去的地方啊。告诉我，你这是怎么了？你的表情就跟昨天一样。你是想我继续讲那个故事吗？我真的不想再讲了。我昨天就不应该讲那么多。那是你肯定听不懂的故事，我一开始就警告过你。可我为什么又接着跟你讲了那么多呢？我自己也不知道为什么。昨天讲的那些其实还不难懂。你还记得吗？你好像还记得。是的，我是从我们的相遇讲起的。那是一个星期六的中午，在市中心最大的商场从二层到三层的扶梯上。我上行，她下行。突然，我注意到了她，她也注意到了我。我们的目光像闪电一样缠在一起。就一秒钟。一秒钟就够了。一秒钟就足够了。那是需要我用一生来回报的一秒钟。

"我成了她的俘虏。整个过程只持续了一秒钟。一秒钟就足够了。那是真正的'闪电战'。她长得一点都不漂亮,但是她的目光里透出了一种特别的气质。我至今也不知道应该怎样来定义那种气质。也许可以说是'柔弱的冷漠'?!在那之前,我一直觉得冷漠是世界上最强硬的情感,可她的冷漠柔弱得令我痴迷。她好像不属于这个世界。她好像是一个梦或者一个谜。这个谜闪电式地迷住了我,完全迷住了我。我并不知道自己为什么会引起她的注意。她完全是在我注意到她的同时注意到了我。那是互动的一秒钟,交融的一秒钟。它改变了我们的生活。或者说,它成为了我们的生活。在回头盯着她的背影的时候,我肯定那互动和交融的一秒钟永远也不会与我们的生活分离了。她没有回头。但是,她将脸侧过来了一点。她将背影升级成了侧影。我知道,她在用余光延续刚才的互动和交融。

"你想起来了吗?她在人群中的消失并没有令我失落,因为我预感我们的相遇并没有结束。你想起来了吗?我的预感很快就得到了证实。那一天的傍晚,我刚走进住处附近的那家快餐厅,目光就被强烈地吸向了最角落里的那张桌子。她坐在那里,柔弱又冷漠。她显然已经吃完。她好像正在等人。她好像正在等我。她特别的气质完全改变了快餐店的气味和气氛。它好像突然变成了令人心惊肉跳的情场。更准确地说,它是突然变成了惊心动魄的战场。我稍稍迟疑了一下,突然,又有重新穿上了军装的感觉。一场新的战争即将开始了。这不是常规的战争:因为我射向'敌人'的将不是子弹而是词语。因为我的词语必须命中却不能致伤，更不能致命。我的目标仍然是'占领'，但不是占领我的'敌人'占领的地方，而是占领我的'敌人'……这是更需要讲究战略和战术的战争。

"你应该还记得我接下来讲的那些吧？是的，我没有走向柜台，而是直接走上了'前线'。我在她的对面坐下。她有点脸红，却并没有不安或者反感。我提起我们中午在市中心那家商场扶梯上的相遇。'我们？'她做出吃惊的样子说，'没有印象。'我说她'做'出吃惊的样子是因为我肯定她是在撒谎。这谎言远比真话重要。它暗示的是机会。我抓住了这关键的战机，与她交谈起来。我首先主动暴露自己，这当然是为了诱敌深入。我告诉她我就住在附近，这家快餐厅就像是我的食堂。而她说她是第一次从这里路过，当然也是第一次走进这家快餐厅。接着，我谈起了我的工作和爱好，我相信它们有利于缩短我们之间的距离。我的战术非常成功。她很快也开始提供对称的信息。她说她在图书馆的采编室工作。工作意思不大，却很安稳。她说她喜欢安稳的生活。我们的交谈直到最后才遇到一点'惊险'。在她突然起身准备离开的时候，我匆匆忙忙在一块餐巾纸上写下了我的电话号码。这当然不是我的目的。我的目的是想她也做出对称的反应。两个素不相识的人同一天在两个不同地方相遇，这不只是'机遇'，我严肃地说，这是'缘分'。我没有想到这个词火力过猛。她显然是受惊了。她看上去好像连我的电话号码都不想要。就在这千钧一发之际，扔在旁边桌面上的那张报纸为我解了围。我借用那条醒目的标题，说留下电话号码有利于'可持续发展'。她的反应说明她有起码的幽默感。

"这些都是我昨天跟你讲过的。我现在还清楚地记得那个电话号码。在她离开快餐厅五十分钟之后，我用它发起了第一次强攻。接通信号响了很久她才接起电话。我开诚布公，承认中午与她擦肩而过的瞬间就成了她的'俘虏'。她没有放下电话，也没有开口说话。我用同样猛烈的火力发起了第二次强攻。她还是没有说话，也没有放下电话。在拨打电话之前，我反复设想过她对我第一次电话的反应，同时也反复设计过对她的各种可能反应的反应。我设想过刚听到我的表白，她就立刻挂断了电话。我会将这种反应当成是进展，而不是终结。我会再拨通那个号码，不停地拨，只到她终于接起，并且开口说话；我也设想过还没有等我表白完毕，她就破口大骂，骂我无聊，骂我无耻。我同样会将这当成是进展。我会耐心地等她骂完，然后不停地表白，直到她变得心平气和；我还设想过在听完我的表白之后，她会语重心长地规劝我不要有非分之想。这样的反应也会被我当成是进展。我会乘胜前进，直到她停止对我的规劝……但是，既不说话也不放下电话的反应出乎我的意料。这也可能就是她的'特别'之处吧。我担心这就是终结。我有点不知所措。正面强攻的战术显然已经失败，我应该迂回包抄，甚至以退为进。对不起，我说，我不应该冒昧地给她打电话，更不应该这样露骨地表白对她的好感。我的后退立刻招来她的进攻。真没有想到新的战术会如此奏效。是啊，她说，这样的行为绝对不利于'可持续发展'。你听出来了吗？她这是在引用我五十分钟前说的话啊！这哪里是进攻，这分明已经是就范！我为自己的'首战告捷'激动得彻夜难眠。

"你还记得我昨天讲的这些吗？接下来的是一场持久战：长达十一个月的持久战。在这段时间里，我谨小慎微，忍辱负重，随机应变。我明明不喜欢吃甜食，因为她喜欢吃，我就说我也喜欢吃，而且跟着她大口大口地吃；我特别喜欢看NBA，因她不喜欢看，我就说我也不喜欢看，而且一场都没有看。我为自己纯真的感情说过无数的假话谎话疯话蠢话。她终于情窦渐开。从第一次强攻之后的第一百五十二天起，她不再拒绝我在马路上拉着她的手。而那之后的第七十九天，我想抱她的诉求终于获得恩准。又过了四十一天，当我在潮湿的夜色中抱紧她的时候，她不再将脸埋在我的胸口，而是抬起来仰视着我。那种仰视令我的身心瑟瑟发抖。我尝试着将嘴唇贴近她的嘴唇。她没有将脸侧向一边。那是我一生中的第一次亲吻。它让我顿时感到了激情的膨胀。就在那天晚上，我第一次梦见了我们的'肉搏'。我曾经在前线经历过三次肉搏。那是真实的战争中最真实和最残酷的部分。那是'你死我活'的二律背反。而出现在我梦中的肉搏就像是一场美梦。我们好像是在空中翻转，因为我们身体的下方没有任何的支撑。可我们却并没有悬空的感觉。我们各自的身体成了彼此依附的大地。我们与这温情的新大陆一起旋转和升华。我们的'肉搏'是充满辩证色彩的'双赢'。

"你还记得吗？我昨天一直讲到了这里。我知道这是你肯定听不懂的故事，却还是不停地讲，一直讲到了这里，一直讲过了这里。我们的'肉搏'在一阵放电般的痉挛中结束。那已经是凌晨2点50分。我被那畅快的感觉惊醒了。我毫不犹豫地拨通了她的电话。我想正式向她求婚。我想天一亮就去登记。她几乎是立刻就接起了我的电话。我当然好奇她为什么还没有睡觉。她的回答更让我感觉神奇。她说她'知道'我会来电话。这怎么可能！我不敢相信。我不相信她能够感觉我们在梦中像光线和气流一样的翻转。她没有提到我的梦，她提到的是我们在扶梯上的相遇。她说那一秒钟是我们相距最近的时刻，后来她觉得我越来越远了……我不知道她为什么会有如此'特别'的想法。我当然也崇拜那神谕般的最初一秒钟。但是我觉得后来我们更是在不断地走近，总有一天，我们会像在我刚才的梦中那样难舍难分。我们结婚吧！我怀着最神圣的虔诚恳求说。

"她的沉默令我不知所措。我更没有想到，在那么长的沉默之后，她会用我冷漠又柔弱的声音说：'不行'。我当然不会将这也看成是进展。'为什么？'我恐慌地问。她的回答让我感觉有点无聊。她说她是残疾人。我真不知她为什么要开这样的玩笑。她说这不是玩笑。她说她不完美。我说世界上没有完美的人。她说没有人像她那样不完美。她说她的身体有缺陷。'怎么我不知道?!'我有点不耐烦地说。她的回应很冷漠。'因为你不知道。'她说。她说这是真的,她是有缺陷的人。我当然不可能相信她。但是,她为什么要这样说?她为什么不用一个讲得通的理由来拒绝我?

"我没有想到接踵而至的竟是她将近两个小时的讲述。'这是你肯定听不懂的故事。'她说。我不喜欢这种乏味的开始。接着,她提到了许多毫无关联的人、事和场景。在我就快承受不了的时候,她突然将我带进了她的家庭。这是她第一次主动向我提起她的家庭。她对她家庭的'回避'曾经也被我当成是她的'特别'之处。她的讲述躲躲闪闪,含糊其辞。她好像是故意不让我听懂。而且她吐字的速度极快,显然是不想给我留下任何反应的空隙。她讲了差不多两个小时,一直讲到晨曦透进了我的窗帘。直到这时候,直到她突然挂断电话之前,所有那些听起来毫无关联的细节才突然联在了一起。我至今也不相信从她烟雾缭绕的讲述里浮现出来的最后的场面。但是,我听懂了……是的,那时她刚满十三岁。是的,当时她正在家里的卫生间里沐浴。是的,他闯了进来。是的,他闯了进去……是的,我听懂了这我至今也不相信的结局。

"我昨天一直讲到了这里。你还记得吗?这是你肯定听不懂的故事。我真的不想再讲下去了。我至今也不相信故事的结局，更不相信那样的事会发生在她的身上，或者说，会发生在我的'身上'。听懂了却不相信，这种矛盾的状态改变了战争的节奏和性质。我即将到手的俘虏逃走了。她突然挂断了电话。而我一动不动地躺在床上，躺了几乎整整一天，就像一名阵亡的士兵。但是，我的大脑不仅没有死亡，反而异常活跃。我疯狂地想象着那个最后的场面，所有那些毫无关联的人事和场景都历历在目，它们像带着身体污垢的洗澡水一样汇入了结局的阴沟。

"是最初的那一秒钟救了我。在夜幕降临之际，那一秒钟的神圣感觉突然重现在我的心灵中。整整一天野蛮的想象被迅速击溃了。我开始接受她的'残疾'，开始理解她的'缺陷'。我开始觉得正是她的'残疾'和'缺陷'造就了她的'特别'。生活对她的伤害猛烈地拉近了我们的距离。我发誓我要用一生来爱她，就像我在最初的那一秒钟感觉的那样。这崇高的爱促使我再次拨通了她的电话。但是她没有接。我不停地拨，一直拨到了'第二天'。她还是没有接。这是自从我对她发起第一次强攻以来从没有发生过的事情。我突然有不祥的感觉：她说我'肯定听不懂的故事'会不会就是她绝望地留下的遗言？我迅速坐了起来。我必须找到她，将她从绝境中拉回来。

就在我刚准备锁门的时候，电话响了。我冲进房间，冲动地拿起话筒。我知道是她，尽管她没有说话。'我爱你！'我对着话筒说，'我们马上结婚吧。'不知道等了多长的时间，我才听到了她的反应。'你真的不在乎吗？'她用我几乎听不到的声音问。'不在乎什么？'我故意用问题来回答她的提问，似乎是在炫耀我的毫不在乎。一个星期之后，我们手拉着手从设在市中心那家商场顶层的婚姻登记处走了出来。

"我明明知道这是你肯定听不懂的故事，为什么还要接着讲呢？你看你这么使劲地摇着尾巴，你真的急着想知道接着发生的事情吗？她可没有你这么着急。她那天没有与我一起过夜。她说要等到正式的结婚仪式之后。她说那是她的原则。

"我们正式的结婚仪式非常简单。她没有通知任何与她有血缘关系的人，我也没有通知我家里的任何人。我们只邀请了几位要好的朋友过来。在附近的一家川菜馆吃过饭之后，朋友们按照惯例到我们简朴的新房去'闹'了一阵。但是不到十一点种，他们就陆陆续续地离开了。

"最后离开的是她最好的朋友。当她送她下楼的时候，我迫不及待地脱去了外衣，迫不及待地将堆放在床上的礼物都移到了沙发上。我站在门边等她，我的身体已经忍无可忍了。她刚推开门，我就迫不及待地将她抱了起来。我将她抱到床上，迅速剥去了她的衣服。总攻的时刻终于到了，我终于能够发起最后的冲锋了。转变成现实的'肉搏'持续了四十七分钟。那是层次鲜明、完美无缺的四十七分钟。在高潮到来的时刻，她用颤抖的声音不断感叹她的'幸福'。那颤抖和感叹带给了我极度的虚荣。一场旷日持久的战争终于结束了，即将降临的应该是充满诗情画意的和平。

"我们躺在床上情意绵绵地交谈了一阵。然后,她坐了起来。她的双手合抱在胸前,遮掩着刚才一直紧贴着我的乳房。她说她想去冲洗一下。我在她走进卫生间之后,闭上眼睛,想好好回味一下刚才那登峰造极的虚荣。没有想到这时候黑暗竟突然从天而降:从卫生间里传出的水流声竟突然变成了尖利的噪音,如带齿的匕首。它刺穿了我所有的内脏。我闻到了来自身体内部的浓烈的血腥味:那是遗憾?那是恐惧?那是绝望?我马上就清楚了:那是对'不'完美的遗憾、恐惧和绝望;那是对'不再能'完美的遗憾、恐惧和绝望。那时她刚满十三岁,那充满童贞的沐浴却变成邪恶的诱惑,却诱惑了那个'最'不应该被她诱惑的人……这生活中的黑暗将我带进了黑暗的生活。我的心中充满了遗憾和恐惧。我绝望地想,在标志着开始的那一秒钟之前二十年,一切其实就都已经结束了。我的身体因为这遗憾、恐惧和绝望而剧烈地疼痛起来。

"如果不是因为听到了那温情的喊声,这疼痛也许会慢慢平息,我也许还有可能重见光明。但是,我听到了她温情的喊声。'你不来冲一下吗?'她喊道,'你出了那么多的汗。'这是她从那一秒钟以来向我发出的最亲密的邀请。

"她的邀请将我剧烈的疼痛转化成了怒不可遏的岩浆。我粗暴地冲进卫生间,粗暴地将她抱起来,粗暴地闯进了她的身体。她对我的粗暴一点也没有感到陌生。她完全彻底地成了我的俘虏。她用完全的驯服回报我的粗暴。她用彻底的陶醉回报我的粗暴。在火山喷发之后，她捧着我的脸惊叹说：'你怎么这么厉害？这么短的时间里，你又掀起了第二次高潮。比上次更好，你知道吗？比上次更好。'

"她的惊叹不仅没有给我带来虚荣，反而加深了身体的疼痛。我很清楚，'这么厉害'的不是我，而是我黑暗的意念。我很清楚，这'更好'的一次已经不是征服，而只是被征服者邪恶的反叛。遗憾、恐惧和绝望重新占领了我的身体。伴随着这更深的疼痛，那个最野蛮的要求出现在我的头脑中：我要'最上次'，我要'第一次'，我要我要……这时候，我意识到身体剧烈的疼痛永远也不可能平息了。和平没有降临：我从一场战争直接走进了另一场战争。

"比'上次更好'的那一次成了我们的最后一次。从第二天开始，她不再是我做爱的伙伴，而沦为了我作案的对象。我不记得往她的脸上和身上吐过多少痰。我不记得多少次揪着她的头发将她的头往墙上或者桌面上撞。她额头上的那道刀疤是我的罪证。她后背上的那块烫伤见证的也是我的疯狂。在真实的战争中，我从没有虐待过俘虏。我不知道为什么会如此虐待自己最柔弱的俘虏。

"所有留在她身体上的新伤丝毫没有减轻我身体内部剧烈的疼痛。我有时候觉得自己同样也是受害者。我受信息之害。我受诚实之害。为什么要让我'知道'那么多？为什么要跟我讲我'肯定听不懂的故事'？那些本来与我无关的'事实'因为我的'知道'而变成了我终生无法摆脱的'现实'。她为什么要用信息的病毒将生活中的黑暗扩散到我的身上？爱是生命中最大的虚荣。它需要激情的放纵，而不是事实的约束。我对她的爱起源于与她在扶梯上的相遇，它与二十年前那个兽性的黄昏无关。

"我们的婚姻只维持了将近七个月。如果不是因为那位邻居，它或许还会继续维持一段时间，因为她不想张扬她正在遭受的虐待。那位邻居报警之后，'家庭暴力'不仅引起了法律的关注，还成了媒体上的话题。除了三次警方的调查之外，我们还被迫接受过一次报纸的采访。在调查和采访中，她关于'情节'的说法远没有那位邻居报告的那么'严重'。我当然完全接受受害者本人的陈述。而警察和记者追问暴力起因的时候，我始终都保持沉默。我还记得那位年轻记者对我投来的那种鄙视的目光。他当然不可能看到他的追问在我头脑中激起的水花。我疯狂地注视着在那水花里沐浴的身体，那没有'缺陷'的身体。我的沉默差点就变成了我的爆发。

"因为她与事实相悖的陈述，我被免予起诉。当然，我们的婚姻不可能再继续下去了。离婚的过程一直进行得十分顺利，可是最后的分手却意外地成了'不欢而散'。我完全没有想到她最后会突然说出那样的一句话。'我知道你会在乎的。'她说。在我听来，这不是柔弱的懊悔，而是冷漠的责备。我气

急败坏地走开了。走了几步之后,我突然回过头来,对着她已经消失在人群中的背影吼叫着说:'你既然知道为什么还要让我知道?'

"我没有留下犯罪记录,却留下了恶劣的名声以及那些看得见的伤痕和看不见的伤痛。这就是我为什么要离开那个国家的原因。这当然也成全了我们的'缘分'。我们在一起生活快五年了吧。你都已经七岁了。换算过来,差不多都相当于我的年纪了。在这样的年纪,你还有你肯定听不懂的故事。这是你的福气。我也不想听懂。我也想听不懂。可是我还要等很久,等到已经完全没有记忆的时候,才会有你这样的福气。好了,不说了。我说好了要带你到山顶的树林里去。我昨天就跟你讲过,大自然里没有你听不懂的故事,你还记得吗?

"这是怎么了?你好像还是不想去。你怎么了?你怎么突然变得不像是你了?你好像被雨淋湿了一样。你这是想干什么?你不要这样。你不要舔我的脸……我知道了。我知道了。都怪你,你知道吗?都怪你一定要听你肯定听不懂的故事。你不要再舔了,我一会儿就好了。你好好坐着吧。让我跟你讲完吧,讲完我就好了。

"从那'不欢而散'之后,我就再也没有见过她了。我听说她后来跟一个很体贴她的人生活在一起。我不清楚那个人是不在乎还是不知道那个故事的结局,那个我至今也不相信的结局。我听说他们还领养了一个小女孩。我听说他们生活得很幸福。"